夕暮れに、手をつなぐ

作　北川悦吏子
ノベライズ　百瀬しのぶ

KADOKAWA

作：北川悦吏子
ノベライズ：百瀬しのぶ

風が吹いたら、
あなたの匂いがした。
夕暮れは
胸をしめつけた。
私たちは、
とっくに、恋に落ちていた。

1

――その年、僕は、運命の出逢いをする。


春、海野音《うみのおと》は予感に満ちていた。

コンポーザーを夢見る音は、音楽祭に招かれて、福岡に来ていた。ホテルのチェックアウトまで、まだ数時間あるので散歩がてら博多の街に出た。ＬＰレコードの専門店に立ち寄ってアルバムを選んだり、屋台をのぞいたり。最近、とても気に入っているヨルシカのプレイリストを、片耳に入れたイヤホンで聴きながら、足取りも軽く散策していた。人のざわめき、車のクラクション、商店街の喧騒……博多の街そのものが音楽を奏でているようだ。

すこしぼやけた水色の空。白い雲。舞い散る桜の花びら。春は目に映るすべてがやわらかい。大きく息を吸い込む。博多中央駅の信号が青に変わり、音は歩き出した。

頭の中で、ふっとメロディを思いついた、そのときだった。横断歩道のまん中で、バンッと軽い衝撃が走った。前から走ってきた女の子と肩がぶつかったみたいだ。その瞬間に、音楽がやんだ。同じイヤホンがふたつ、横断歩道の白線と白線の間に転がっている。

「すいません」女の子が言った。

「こちらこそ」音もすぐに謝った。

もう青信号が終わる警告音が鳴っている。音は手前のイヤホンを手に取り、耳に突っ込んだ。さっきの曲の続きが聴こえ、自分のだと確認するように軽くうなずき、急いで横断歩道を渡った。けれど渡りきる手前で、「ん?」曲が途切れた。スマホの異常を一瞬疑ったが、間違いなく再生は続いている。わけがわからない、と思っていると、

「おーい!」叫ぶ声が聞こえた。対角線上の信号のところでさっきの女の子が大きく手を振っていた。目が合うと、片手に持ったイヤホンを掲げて音のほうを指さしている。そして口をパクパクしながら、自分の耳を指さし、その指を音と自分の耳で往復させる。

〝あなたと私のイヤホンが、入れちがった〟ということか。

〝これ、君の?〟と手振りで尋ねてみる。女の子は両手で大きく、丸を作った。

しばらく考えてデッキの上を指す彼女。音はうなずいて階段を上った。


「これ、君の?」

「ああ、間違ったとよ」

すごく訛っている。どこの方言だろう。博多弁とは少し違うようだと、音は思った。

「あ、急に音、消えるから……えっ、でもそれって」

「うん、おんなじ曲、聴いちょった。すんごい、偶然たい!」

彼女は、はい、と、音にイヤホンを手渡した。

「イヤホン片耳派？」

「うん。街の音聞きたくて」

「へえ、変わっとっと」

そう言って歩き出そうとしている彼女に、「ヨルシカ、好きなの？」と尋ねてしまった。彼女は少しだけ首をかしげて音を見た。髪もボサボサだし、メイクも薄いし、服装もかまってないないけれど、よく見るときれいな顔立ちをした子だ。

もしかして、運命？　そう思ってはみたものの、音は急に恥ずかしくなって、慌てて「あ、いや」と否定した。ナンパみたいで警戒されただろうか。

「好きばい。♪おっくうううう　ってとこが、わっぜよか！」

彼女はにっこりと笑った。その笑顔にドキリとしながらも「わっぜ……」と、繰り返してしまった。よけいなこと、言い過ぎている。

「あっ、行かんと。いい旅を！」

くるりと背中を向けて駆け出した。その向かう先には男性が立っていた。彼に向けて満面の笑みを浮かべた彼女の横顔が、ちらりと見えた。

——運命の出逢い、あっさり終了。

季節は巡り、翌年の冬。

「──お客さん、お客さん」

浅葱空豆《あさぎそらまめ》が目を覚ますと、バスの運転手が顔をのぞき込んでいた。一瞬どこにいるかわからなかったけれど、どうやら宮崎からの長距離バスは東京に到着したようだ。口が渇いている。空豆は口を開けて寝ていたみたいだ。その口の中に、違和感があった。ゲホゲホと咳き込みながら吐き出すと、てのひらの上に蜘蛛が落ちた。

「うわっ、蜘蛛蜘蛛っ！」思いきり放り投げると、握っていた『宮崎─東京』間のチケットと一緒に通路に落ちた。運転手は白い手袋をした手でそれを拾い上げ「おもちゃ」と、空豆に見せた。いったい誰がこんないたずらを……と思っていると、バスの窓の外で隣の席に座っていた男の子が空豆にあっかんべーをしている。

まったくもう！

初めての東京は、最悪のスタートだった。

バスを降りて歩き出した空豆は、オフィス街のビル群を見上げた。ビルの合間からのぞく、切り取られた薄い色の青空が、いかにも東京っぽい。空豆の故郷の空は遮るものがないのでもっと広い。射し込む太陽の光に左手をかざすと、薬指の指輪がきらきらと光った。

海野音はスマホを手に、公園の並木道を歩いていた。公園の木々と、周りのビル群が絶妙なバランスで共存している。冷たい空気が澄んでいて気持ちがいい。

「ララ～ララ～～♪　ラ～ララ～ラ～ララ♪」

ふと思いついたメロディを、スマホに録音する。でも口ずさんでいるうちに、有名なヒット曲になっていた。そうじゃない。次の瞬間、あっと音は声を出した。

「トールルルルル♪　ラーラッラララ♪」ついにオリジナルのメロディが降りてきた。

「あっ、いいかも」噴水のへりに座り込んで、録音モードにして続きを歌ってみた。なかなかいい。満足して顔を上げると、目の前からズンズンと近づいてくる女の子がいた。大きなリュックを背負い、さらに大きな鞄を持って、笑顔で音のほうに突進してくる。

「え……？　俺？」身構えていると、女の子は噴水の水に手を突っ込んで、顔をバシャバシャ洗い始めた。マジか？　思わず、引く。

「あー、目覚めた～」

顔を上げた女の子と目が合った。見覚えがある……、じっと見ていると、女の子は鞄からタオルを出して顔をごしごし拭き始めた。再び顔を上げた彼女と目が合い、音は確信した。博多中央駅前の横断歩道で出逢った、あのときの彼女だ。

今日は、赤いチェックの、半纏のようにも見えるジャケットを着ている。呆然と彼女を見つめていた音の近くで、大型犬が激しく吠え、ひるんだ音はスマホを手離してしまった。宙を舞うスマホ……さっき録音したメロディもろとも噴水に落下してしまうのか……絶望的な気分になったまさにそのとき、赤いジャケットの彼女が地面を蹴ってジャンプした。そして噴水に落下する直前に見事にスマホをキャッチして、得意げに音にスマホを差し出している。

「ありが……」スマホを受け取った瞬間、危険な気配を察知して音は数歩後ろに下がった。その瞬間、噴水から水が噴き出て、彼女は頭から水を浴びる格好になり、噴水の中に立ち尽くしていた。

〝やばい。真冬、しかも、びしょ濡れ……〟

「大丈夫ですか？」

水の出が止まってから音が声をかけると、びしょ濡れの彼女はぶるぶると頭を振って噴水から出てきて、

「ばっちり目の覚めたったい」とじつに勇ましい。

「あっ、あの、この辺、店、たくさんあるでしょ？　服買おう、服。濡れちゃったしさ。あの……僕が買います」

自分のスマホとメロディを救ってくれた彼女に、音はそう言ってみたが、

「んにゃ。おい、急いどっけん。行かんば。服は、乾くけん。気にせんよ」

彼女は背を向けて、去って行った。音はそのたくましい後ろ姿を無言で見送った。


東京はなにもかもがしゃれている。待ち合わせのカフェで、テーブル席に着いた空豆は、椅子の上にあぐらをかき、濡れた足をタオルでごしごし拭いていた。

店の扉が開き、空豆の婚約者である翔太が入ってきた。空豆はぱあっと笑顔になって、

東京に着いてからの出来事を翔太に話し始めた。

「そんでね、水びたしになったとよ。いくらなんでん、こいじゃ来れんち思て、店入ったと。ほしたら、なんね。東京、服、高か〜、てげたっか〜。信じられんが〜。なんも買えん。こげん所持金じゃなんも買えん。そいで、しまむらがなかっとって。おい、びっくりしたっさ〜」

早口でまくしたてる空豆の話を聞いている翔太は、眉毛を下げ、困ったような顔をしている。

「そいで、おい、ドンキ入ったさ。ドンキは、宮崎にもあっけんね。長距離バスでお金使ってしまったけん、そん中で一番安いの買おうとしたとよ。なっべく倹約せんば思うて。ワシら、来月式やろ？　お金もったいなかけん」

来月、結婚式を挙げるんだから、節約だ。だから店で一番安かった『大東京』と文字がプリントされたスウェットを買ったのだ。一気に話して疲れた空豆は、注文したオレンジジュースをストローでズズッとすすった。すると、ずっと黙っていた翔太が、ようやく口を開いた。

「ごめん、空豆」翔太が頭を下げた。

「……なかったことにしてほしい」

「翔太、なに言っちょっと？」

「結婚の話、なかったことにしてほしい」

「――なんで？」

口の中から、言葉がぽろっと転がり落ちた。

「ほかに好きな人ができたんだ。ごめん」

翔太は空豆の前では、故郷の言葉で話す。だけど今、目の前にいる翔太は、とても遠くにいるようだった。

店を出た空豆は、隅田川にかかる橋の上をトボトボと歩いていた。

――運命の人やち思うちょった。


矢野翔太《やのしょうた》のことを好きになったのは、小学校三年生、日直の日だった。

「あははっ。笑えるが、空豆、空豆じゃと！　こいつんチの空豆畑によ～空豆実るようにじゃ！」

休み時間、黒板の日直の欄に〝空豆〟と書いてあるのを見て、男子たちが名前をいじり始めた。空豆は両手をギュッと握りしめて、耐えていた。

「やめろ」窓際の席で本を読んでいた翔太が立ち上がった。

「なんがや？　このもやし翔太が！」

「空豆、ええ名前じゃっ。おまえら、バカやからわからんだけやっ」

「なに～。ちっと勉強できるち思って、気取っちょう」

いじめっ子たちの標的が空豆から翔太に変わった。担任の女性教師が割って入ってきて、翔太を廊下に連れ出した。

「なんでケンカすっと。ようわかっとるやろ」と、教師が翔太の頬に優しく絆創膏を貼って、「あんたはここで勝負する人やが」そう言って翔太の頭を撫でるのを、空豆は少し離れた場所から見ていた。あの日、空豆は翔太を好きになった。


高校のホームルームで文化祭の出し物を決めているときも、翔太は空豆を助けてくれた。

「うちは、ぜったい、ぜったいに、浅葱空豆さんがよかち思います！」

クラスの女子が立ち上がって、主人公に空豆を推した。黒板には、文化祭の演目として『シンデレラ』『ロミオとジュリエット』『ローマの休日』が挙がっていた。主人公なんてやりたくない。空豆は顔をしかめた。

「ちょっとむぞかからって、好かん」

ぶつぶつと文句を言い出したのは、反・空豆派の女子たちだ。

むぞか。かわいいっていうことだ。悪口を言ってるつもりが悪口になっていない。と、空豆は思った。

「ヨソんガッコの男子が、山ひとつもふたつも越えて見に来よらすけん、いい気になっちょっとよ」女子たちは空豆に消しゴムを投げてくる。

女子の嫉妬はこわい。それくらいは鈍感な空豆もわかっていた。

「じゃがじゃが。ウチんクラスが優勝するチャンスやが。空豆が主役やったら。なんせ、べっぴんやし華があるかいねえ」

担任教師までがそんなことを言い始めた。

〝先生、おはんは、なんもわかっとらん。ジュリエットなんかやったら、イジメが始まってまう〟そう空豆が心の中でつぶやいたとき、「はいっ」と手が挙がった。翔太だ。

「演目なんじゃけど、あたりまえやったら、賞がとられんかもしれんち思います。『金太郎』はどげんでしょう」

翔太のひとことで、文化祭の出し物は『金太郎』に決定した。

舞台上で金太郎の格好をした空豆は、スポットライトと大きな拍手を浴びて笑っていた。


空豆と翔太は学校の行きも帰りも、ずっと一緒だった。

「あいから、おいは、金太郎て呼ばれるようなったとよ」

夕暮れが迫る中、ふたりは自転車に乗って、田んぼに囲まれた一本道を走っていた。

「うん。あれは、名演技やった」

「イジメられるはずが、人気もんになった。感謝しよる」

空豆は翔太の背中にもたれかかった。


またある日の帰り道。

「なんで、九州大学行かんと？　翔太の実力なら行けるやろ？　東京じゃって」と言う空豆に、翔太は真顔で返す。

「ここから、離れたくないが。なっべく、近くにいてえ。空豆の」

照れくさくなってうつむく空豆をじっと見つめ、

「一生、一緒におってくれんけぇ?」と告げて、翔太は制服のポケットから指輪の箱を取り出した。

「バイトで金貯めて買ったとよ」

「ウソ……」

「手、貸して」翔太は空豆の左手の薬指に指輪をはめた。

空豆は夕陽に左手をかざし、キラキラ輝く指輪をずっと見つめていた。


その日から肌身離さずはめていた指輪を、今東京の橋の上で空豆はじっと見ていた。眼下には隅田川が流れている。

ポトリ。てのひらに、雨が落ちてきた。空豆は、あ、と空を見上げた。


音は仕事の待ち合わせのために来ていたホテルのエントランスから、雪平響子《ゆきひらきょうこ》に電話をかけた。

「音です。あの、すみませんが、雨が降って来たので、洗濯物を……」取り込んでおいてください、と話を続けようとする音に、『五百円。手間賃だ』と電話の向こうの響子は言う。

そうやっていつも音をからかってくる。

響子は音の下宿の大家で、美大出のオシャレな女性だ。今でも気が向くとアトリエで絵を描いている。奥渋にあるその下宿先は古めかしい一軒家だが、家も庭も、とにかく広い。

『あっ、やば。今何時？』銭湯が開く時間だからと、響子は音の電話を切った。

資産家の響子は、つぶれかけていた近所の銭湯を買った。幼いころ、たまに父親が連れて行ってくれた思い出がなくなるのを、金の力で阻止したのだ。気紛れに番台に座る『雪乃湯』は、響子の幼なじみや顔見知りがたくさんやってくる、近所の人たちの憩いの場でもあった。


雨に打たれたせいで『大東京』のスウェットはずぶ濡れだった。空豆は、近くのホテルに駆け込み、フロントで部屋を予約したいと言った。

「したら、このいっちゃん高い部屋を……」

「え、三十五万ですが……」フロントの女性は、空豆の顔を見た。そして全身をさりげなく上から下までチェックしている。カチンときた空豆は、あえて自信満々にふるまった。

「はい。あ、このディナーショーば、つけて」

「お客様。こちらのディナーショーは、週末でして」

フロントの女性はそう言うと「少々お待ちください」と、奥に行き上司とみられる男性スタッフとなにやらヒソヒソ話をしている。

〝——わかる。私にはわかる。私は、高級旅館にひとりで泊まりに来た怪しいおばさんと同じように思われとる。こん人、最後に贅沢して死ぬんやなか？　はん、そん通りたい〟

空豆は「あの！　お金なら、下ろしてきました！」とポシェットから現金の入った分厚い銀行の封筒を出して、フロントの女性と男性スタッフに見せつけた。

空豆の初めての東京での宿泊先がどうにか決まった。次は夕食、それもまた贅沢に。ホテル内の高級中華料理店『華苑楼』の空豆のテーブルには、フカヒレ、北京ダック、アワビ……高級料理が所せましと並んでいる。

「なんじゃこれ。てげうめぇ～！　これがフカヒレと～!?　おい、こげなうまかもん、食べたことなか～。過去イチじゃ。うめ～～。あ、紹興酒ください」

生ビールを飲みほした空豆は、通りかかった店員に声をかけた。

『華苑楼』の奥のほうの席で、音は、磯部真紀子《いそべまきこ》と向かい合って座っていた。パソコンで音の作った音楽を聴いていた磯部は、聴き終わってヘッドホンを外して、「心がないのよね。あんたの曲には痛みがない。だから、人の心を打たない」と手厳しいことを言う。

ド直球の図星、まさに言い当てている。音は返す言葉がなかった。

「恋をしてないでしょ？　傷ついてないでしょ？　恨んでないでしょ？　憎んでないでしょ？　人、愛してないでしょ？　泣いてないでしょ？」

畳みかけてくる磯部の言葉に圧倒されていた。

「……ごめん、言い過ぎた」

「いえ、ホントのことなんで。いつも、磯部さんに言われてることだし。自分が、いつ泣いたか思い出せないです」

そんな音の顔を、磯部はじっと見ていた。そして気分を変えるように「よし、食べるか」とメニューを手に取った。

――磯部真紀子。通称、イソベマキ。音は心の中でそう呼んでる。日本のツートップと言われるレコード会社、ユニバースレコードのA&R。アーティスト&レパートリーの略で、新人アーティストの面倒を見つつ正しい方向に導き、デビューをさせるのが仕事だ。コンポーザーを夢見る音の担当者でもあった。音は、デカフェという名で、SNSで曲を自主発表していた。


「この上海蟹のコースふたつで」イソベマキは店員に、躊躇《ちゅうちょ》なくオーダーした。

「高っ」メニューを見ていた音は、その値段に驚いた。

「ふふっ。売れてんのよ」

「ズビダバの新曲ですか？」

イソベマキは、生意気な、という顔で音の顔をのぞき込んだ。

「あ、意識してんだ」

「まさか、僕とはレベチですよ」

謙遜ではない。意識するとか悔しいとか、そういうレベルじゃない。別世界の話だ。

「マンボウとアリエルのユニット、ズビダバ。再生回数、五日間で一千万突破。私がんばって、化粧品のＣＭとタイアップつけたの。来月公開のアニメの主題歌も」イソベマキがドヤ顔で言う。

「すっご。でも、だったら、マンボウさんに上海蟹食べさせてあげたほうが」

「蟹アレルギー」

「あ……。僕は、蟹食うしか能がないっすね」音は苦笑いを浮かべた。


「翔太あああっ」

トイレに立った音が席に戻ろうとすると、大きな声が店に響いた。酔っぱらった客の女の子がテーブルに突っ伏して泣いていて、店員がその横でおろおろとしている。この高級店の中央であまりに場違いな、『大東京』とプリントされたスウェットを着ているその子は、公園で音のスマホを救ってくれた彼女だった。据わった目で、音に手招きをしてくる。

「俺？」音が自分を指すと、彼女はうなずいた。警戒しつつ、近づいていくと、

「おいが男に振られたんが、面白かと？　笑っちょったやろ？」とからんでくる。

「昼間、噴水の公園で会ったでしょ？」と音が言うと、彼女はどうでもよさそうに「ああ……」とつぶやく。

「これ、クリーニング代」音がポケットから千円札を出したが、受け取らない。

「クリーニング、出したことないけん、いらんさ」

彼女はビールをラッパ飲みしながら、さっさと行け、と音を追い払った。


食事を終えて店を出ると、外は真っ暗だった。

「ごちそうさまでした。がんばります」

タクシーに乗り込んだイソベマキに頭を下げて見送り、駅へと歩き出すと、ライトアップされた橋の上に、さっきの『大東京』の彼女が佇んでいた。

音は不穏な空気を感じていた。


空豆は橋の欄干にもたれかかり、左手の指輪を東京の夜景にかざして見ていた。そして指輪を外して、てのひらで転がした。指輪と共に橋から飛び降りようか……。

「ばーちゃん、泣くかね」

空豆は欄干に足をかけ、身を乗り出した。そこに、パーッと激しいクラクションが鳴って、驚いた拍子に指輪を放してしまった。欄干の外側で何度かバウンドしている指輪に、反射的に手を伸ばそうとした、まさにそのとき、

「こら待て！　そこの大東京！　早まるな」

空豆が中華料理店でからんでいた男性が走ってきて、空豆の体に体当たりするように抱

えた。ふたりはそのまま真冬の冷たい橋の上に転がった。

「ああ~、私の靴……」

脱げた空豆のローファーの片方が、川に落ちていく。空豆は歩道に座り込んで、落ちていく靴を見ていた。靴は冬の冷たい川面で、ポチャンと音を立て、流れていった。

「あの靴のように、死ぬとこじゃった……」

川をのぞき込む空豆の後ろで、彼は無言のまま突っ立っていた。


橋の上に座り込んで、彼女はうなだれていた。ローファーが脱げた片足は裸足で、寒々しい。通りかかった人が、音たちを眺めていく。

「ん」音は彼女に背を向けてかがんだ。「だって、片方落ちた。歩けないでしょ」

「悪かね」彼女はちょこんと背中に乗ってきた。

「あ、こっちでいいの?」

「うん、ホテルに部屋が取ってあるけん」

「そう」

「東京ん夜は、明るかねえ。人ん背中は、あったかかねえ」しみじみ言ったかと思うと、泣き始めた。その声はどんどん大きくなって嗚咽《おえつ》に変わり、ついにはうわーん、と声をあげて泣き出した。音は立ち止まり、彼女を荷物のようにどさりと下ろした。

「おい、怖か~怖か~。死ぬとこやった……死ぬとこやった」

音は珍しいものを観察するように、彼女を見ていた。

「東京来て、ロン中蜘蛛入れられて、噴水でびしょ濡れんなって、翔太に振られて、結婚のうなって、じゃっどん、初めて食べたフカヒレはうまか～」

「自分でも、何言ってるかちょっとわかってないよね？」

「噴水はあんたのせいやが！」ムキになって怒鳴りつけてくる。

「ごめん……なさい」音が謝ると、彼女は鼻を真っ赤にしてまた泣き始めた。


雪平邸では、響子がマルガリータを飲みながらお気に入りのレコードをかけて、ごきげんにステップを踏んでいた。玄関のチャイムが鳴って、「だれ？」と扉を開けると、不気味なピエロの面をつけた背の高い男が立っている。響子ははあ、とため息をついた。

「なんの真似？」

「あれ、今いちウケなかったか」

ピエロの面を外したのは、アメリカで暮らしている響子の息子の爽介《そうすけ》だ。呆れながらも、響子はうれしくて思いきり笑顔になり、両手を広げた。

「ただいま、母さん」

「お帰り。どうしたの？　この子は急に。あ、シャンプーいい匂い」

響子は小さい子にするように頭をぐりぐり撫でた。

「急に東京に出張入ってさ。飛行機七時過ぎの便で羽田着いて、せっかくだから、マンション帰る前にちょっと顔出してこうかと思って」

「あ、そう。上がって上がって。あんたの家だ。や、私の家か。どっちでもいいや。ま、とりあえず上がんなすって」

同居している下宿人の音くんは？と、爽介が尋ねると、

「帰ってこないのよ。こんなこと初めてなのよ」前を歩いていた響子が笑顔で振り返った。

「なんでうれしそうなの？」

爽介はウキウキしている響子を不思議そうに見た。


「結婚！」響子は思わず叫んでいた。

結婚相手を探そうと思う、茶の間のコタツで、爽介は響子に宣言した。

「ほお。やっとその気になったか。我が息子も」

「欧米は、同伴文化ですしね」爽介はお茶漬けをかき込みながら言った。

「嫁はこれから探します。この東京出張の間に、東京で調達しようかと思ってます」

「……そんなうまくいくかねえ。ダイコン買うのとはわけが違う」

「ダイコンを買う気軽さで、結婚をしようと思います」

爽介は本気の表情で言った。


ホテルで彼女を背から下ろしてエレベーターホールまで送り、「じゃ」と帰ろうとする

音の腕を、彼女がつかんだ。

「え、ちょとま……待たんね」

カードキーの使い方がわからないから部屋までついてきてほしいと言う。仕方なく宿泊階まで同行してカードキーをかざして扉を開けた音に、「あ、そげんして開けると！　すごか。初めて見たが。さっきひとりでよう入れんやった。魔法のごたるなあ」と感心しきりだ。部屋に入ってすぐの壁にカードを差し込むと、灯りがついた。

「えっ、えっ。なにこの部屋？　すごくね？」

予想外の豪華な部屋に、音は目を見張った。

「あっ、ケガしとらす」彼女は、腕まくりした音の腕を見て言った。橋の上で転がったときに擦りむいたみたいだ。

音は豪華な応接セットのソファに座りフロントで借りてきた薬箱の消毒液で、彼女にケガの手当てをしてもらっていた。

「死のうとしたわけじゃなかと。指輪が落ちよったけん、拾わんばて思った。拾わんば思おて、川飛び込もうて」

コットンに含ませた消毒液をつけながら、彼女がひとりごとのように言う。

「それ、結果死ぬね……てか、そんな大切な指輪だったの？」

「……ん。翔太は、おいのかたわれやった。ふたりでひとつやった。翔太おらんようになったら、息ができん。息の苦しか。立っとる地面もなくなるごたあ」

彼女はポロポロと涙をこぼした。音はティッシュを箱から引き抜き、差し出した。

「ね、君が昼間助けてくれたメロディ聴く?」

なんと言葉をかけたらいいのかわからなかったので、そう言ってみた。

「メロディ?」

「うん。俺、音楽やってんだよね」

「音楽作っとっと?」

「思いついたサビをさ、録音してた」

こっち、と音はテーブルに座っていた彼女に、自分の隣に座るよう言って、テーブルの上にスマホを出し、公園で録音したメロディを流した。

♪ラーラーララララ……。音の歌声が部屋に流れる。

「ええ曲じゃ」聴きながら、また泣き始めた。

「え、泣いてんの?」

「おい、おかしゅうなっとるけん、あてにせんじょって。『どんぐりころころ』聴いても泣くかもしれん……もう一回流して」

頼まれて再生すると、彼女はソファの背にもたれかかり、ティッシュで目を押さえた。

ひとしきり泣いてようやく泣きやみ、彼女は音の腕に絆創膏を貼ってくれた。

「そんなに好きだったんだ」と音は聞いてみた。

「……好きな人、おらんと?」

「いない。あんまり、人好きにならないみたい」

「ええね。こげん苦しい思いせんですむ。いろいろありがとう。もう帰ってよかよ」と笑顔を作って言う。

立ち上がって帰ろうと思ったが、薬箱の中にハサミがあることに気づいた。

「あ、これは、僕がコンシェルジュに返しておく……あと、ちょっと、トイレ」

音は薬箱を手に洗面所に入っていき、カミソリを手に取る。ガタガタやっていると、洗面所のドアが開いた。

「なにしとると?」

「あ……いや、ちょっと、風呂にでも入るかな……入らないです」

カミソリを後ろ手に隠し、ごまかそうとしたがうまくいかない。

「おいが死ぬち思うちょっと?」

ふたりの間に沈黙が流れたとき、ヨルシカの『ただ君に晴れ』が流れ出した。

「おいのスマホじゃ」彼女はバタバタと部屋に戻っていった。

「どこじゃ、どこじゃ」必死になって、荷物を引っ掻き回している。音は床に落ちたポシェットから飛び出しているスマホを見つけ、表示された名前を見て、「翔太さんからだよ」と言うと、彼女は突進してきて、音を突き飛ばすようにしてスマホを奪い取った。手当てしてくれた傷口が、また痛む。

「もしもし！　もしもし！　あ……うん、昼間はどうも」

　必死で呼びかけて、そして急に落ち着いた口調になった。

「大丈夫。おいもそんなことやなかかねえ、って思っちょったけん。ぜんぜんぜんぜん。ばーちゃんにもうまく言うけん。気にせんで。うん、うん。今までありがとう。元気でな。幸せになってな」

　大人の女を演じて電話を切った。

　そして少し考え込んで、当然のように「もう一回会いに行こうと思う」とつぶやいた。

「え？」

「もう一回、明日、会いに行こうかと思っちょる！」と今度はハッキリ言った。

「なんで？　今、幸せになってって。どういう思考回路なの？　どういう道筋を感情が辿ったら、そうなるの？」

「ついて来んね！　おいと一緒に、翔太んとこついて来んね！」

「なんで」

「いやと？」

「どちらかというと」

「スマホ、貸しなっせ」

　両手を差し出され、音は素直にスマホを渡してしまった。彼女は窓辺に駆けて行ってカーテンを開け、窓を全開にして、思いきり振りかぶり音のスマホを投げようとする。

「ちょっと待って待って……ストップ」音は力ずくでスマホを取り上げた。

「おいは、あんたのスマホとメロディ助けたったい。交換条件じゃが」

「後出し交換条件」

「……ひとりで行って、また翔太に振られたら、自分が消えてしまう気がすっとよ。あんたが、おいをこの世につなぎとめるがよ」

自分勝手な言い分だとは思う。でも音は彼女の切実さに圧倒されていた。


ホテルをあとにした音が月夜の下を歩いていると「待って、なあ待って！」と、大きな声がした。振り返ると、彼女がバルコニーから叫んでいた。よく通る声だ。

「名前、聞いとらんやった！　おいは、空豆。空に豆。食べる空豆とおんなじ字や！」

「空豆……」

なんだかちょっと、ほっこりする。

「あんた、明日、来んかもしれん。ここに、もう、来よらんかもしれん。命ば助けてくれた人の、名前だけでん、聞いときたか！」

――その通りだった。俺は……僕は、このまま逃げてしまおう、明日までは面倒見ないよ、と心の何割かで、思ってた……。たぶん。

「音！」めったに出さない大声で、空豆に向かって叫んだ。

「オト？」

「音楽の、音。音がする、音が鳴るの音！」

「音……。ええ名前やが！　音、ありがと！」

空豆が笑顔で大きく両手を振った。おそらく、明日、音がここには来ないと思っている顔だ。毅然としたその笑顔は、月夜の幻のようだった。


翌朝、音は茶の間のコタツで、大家の響子と朝食を食べていた。

「えっ、爽介さん、ニューヨークから帰って来たの？　会いたかった～」

「また来る。しばらくいるって。結婚するらしい」

「はっ？」

「あっ、そうだあんたにお土産。ほい」と響子はTシャツを音に渡した。

「ウッソ、カッケー。バンT。これ、ジザメリですよ。レアもんですよ。こっちじゃ絶対手に入らない」Tシャツを広げてみた音は、爽介の土産に感激していた。

「お揃いらしいよ。これも見て、羽田にさ、懐かしい店あるじゃない」

響子は懐かしグッズがぎっしり入った籠を見せた。おはじきとか、吹き戻しとか、お手玉とか、昭和のおもちゃがたくさん入っている。

「なにこれ」音はでんでん太鼓を手に取って笑った。そしてふと、響子の三つ編みに結んであるリボンに気づいた。淡い紫色のリボンだ。

「あれ、響子さんのリボンかわいい」

「これは、私へのお土産」

「さすが」爽介はセンスがいいと思いながら、Tシャツを見て、「俺も今日これ着てこかな」と、つぶやいた。

「どこ行くの？」響子が反応し、身を乗り出した。「今日、これ着てどこ行くの？」

「……えと」音は口ごもった。


音は昨夜のホテルに来ていた。ラウンジの隅に所在なげに立っていたが、なかなか空豆は現れない。約束の時間は過ぎている。

「音……音！」空豆が柱の陰から顔をのぞかせた。

「……どしたの？」空豆は柱から、スリッパの足を見せて、

「朝、気づいたんじゃ。考えたら、おい、靴、ないが」


ホテルの近くにあったインポートショップで、音が買ってきたオレンジ色のスニーカーを履いた空豆が、スマホのマップを頼りに高級住宅街を歩いて行く。音はその後ろをついていった。赤いチェックのジャケットに白と黒のチェックのマフラーを巻き、大荷物を抱えた空豆は、この街では浮いている。

「……ここか」空豆は瀟洒《しょうしゃ》なマンションの前で足を止め、入っていった。

「まじか」

翔太の住むマンションは豪華だった。エントランスの壁一面に滝が流れていた。

「ものすごく頭のよかったい。アプリの開発とかで成功しよらした。ＩＱ１４０で、先生驚いちょった」

「ギフテッドだね」

「そうばい……」と一度うなずきつつ、空豆は「ギフテッド、なんね?」と尋ねてきた。

「選ばれし人。神様に」

オートロックのインターホンの前に立って、空豆はドキドキする気持ちを抑えてテンキーで部屋番号を押した。

『はーい、どちら様ですか?』返ってきたのは、若い女性の声。

「えっ、あの……矢野翔太さんのお宅じゃないとですか?」

そうだと言って女性は自動ドアを開け、ふたりを部屋に入れてくれた。

「翔太くん、買い物に出てて。もうすぐ帰って来るかと」

女性はリビングで紅茶を淹れてくれた。とても感じがいい。フリル付きのニットを着た、いかにも都会育ちのお嬢様といった雰囲気だ。

「お手伝いさんかなんかですか?」

空豆は女性に尋ねた。わざと言っている。空豆の精一杯の抵抗だと、音にはわかった。

「一緒に住んじょっとですか?」

「いえ、住んでないですけど……」

「恋人ですか?」

「やめとこう。空豆」音は空豆を制した。するとその女性が空豆という名前に反応して表情を変え、「あっ、もしかして! 空豆さん? 浅葱空豆さん……? ごめんなさい! 私、あなたに謝らなきゃって。あなたのこと、翔太くんから聞いてました。本当に、本当にごめんなさいね……」と空豆に必死に謝ってくる。

「なんで、おいのこと話すと……」

空豆はうつむいて、絞り出すような声で言った。

「ごめん。近所のスーパーに、いつものなくて……」翔太が帰って来た。そしてリビングの状況に気づいて「空豆」と、目を見開いた。

「なんで! なんで、赤の他人においのこと話すと⁉」

空豆は勢いよく翔太に向かっていき、胸ぐらをつかんだ。

「ふたりの秘密やなかと? ふたりの宝もんやなかと? おいたちの思い出は、誰も入れんじゃなかと⁉」

爆発した空豆が、翔太の腕をバンバン叩いた。翔太はされるがままになっている。

「やめろって空豆!」止めに入ろうとする音の言葉にハッとした空豆は、顔を歪めて笑って言った。

「違うっちゃね。赤の他人は、おいか。おいが他人じゃっ！　ふたりの世界があって！　今はもう、おいが邪魔もんじゃ。おいたちの思い出は、ただのゴミくずね。もう、ただの紙くずと一緒ばい！　捨てたかと？　捨てたかとやろ？」

また気持ちが高ぶってきた空豆は、泣きながらさらに翔太の腕を叩いた。音もあきらめ、空豆の好きにさせていた。

「ごめん。もう、空豆を愛してないんだ。七海《ななみ》を愛してる」

ようやく口を開いた翔太を、空豆は思いっきりひっぱたいた。

「気持ちの悪か！　東京弁なんか気取ってしゃべりよって、気持ちん悪か‼」

空豆は翔太に背を向け、荷物を手に部屋を飛び出した。


宮崎の空豆の実家に、ウエディングドレスが届いた。細身のノースリーブのドレスで、オーガンジーが幾重にも重なっている。

「キレイや～。ホントきれいかいね～」

祖母のたまえは、鴨居につるされたドレスをうっとりと眺めた。家には空豆の叔母ののりこ、叔父の幸平《こうへい》とその妻のみゆきも集っていた。みゆきはドレスを見て声を上げた。

「な～。空豆ちゃん、てげむぞかかい、着映えするがよ～。お姫様んごたよ」

「あん子が結婚してく。よかったい。ホントにホントによかったばい」

たまえは少し涙ぐんでいた。と、そのとき、家の電話が鳴って、のりこが立ち上がった。

川べりで、空豆は実家に電話をかけていた。電話に出たのりこが『ばーちゃんやろ？ばーちゃんに電話して来たかいね？　今替わるけん』そう言うが、たまえは足が悪いからなかなか出てこない。

『空豆。ドレス、わっぜキレイかよ～。着たとこ見たんがよ～』のりこと話をした後で、『空豆』ようやくたまえが電話に出た。

「ばーちゃん」

『翔太もおるとか？』

「……うん」とっさにウソをついてしまった。翔太とは別れてきたばかりだ。

『のりこも幸平も、みゆきさんも、来てくれよって。こっちんことは気にせんでよか。ちゃーんと、翔太と来月の式んこと、打ち合わせしてこんばね』

「ん……うん」

『あっ、そやった。空豆。昨日、業者ン人来てなあ。廊下の奥の、エレベーターつけるところの寸法ば測りよらした』

「あ、エレベーター……」

東京に着いてから、あまりにいろんなことがあったので空豆はすっかり忘れていた。

『翔太にお礼言ってな。ありがてーって』

「……うん」

『しばらくそっちおるんやろ？　一週間？　二週間？　そう言うとったじゃ。翔太、元気かえ？」

「元気元気。今、コーヒー飲んどる」

空豆は振り返り、川べりの階段に座って缶コーヒーを飲んでいる音を見て言った。

「ほなね。また電話すっけんね」通話を終え、空豆は「言えんやった」とため息をついた。

空豆と音は川べりを歩いていた。冬の夕暮れは早い。西の空が薄くオレンジ色に染まっている。

「エレベーターってなに？」

「ああ。翔太がな。ばーちゃんのために、エレベーターつけようち言うてくれたと。ばーちゃん足が悪いけん」

「へえ」

「ウチんちはな。親戚が近所集まって暮らしよるとよ。ばーちゃんやろ。のりこおばちゃんやろ、幸平おじちゃんやろ。みゆきおばさんやろ。おじさんおばさんの家族やろ。にぎやかよ〜。ばーちゃん長崎でじーちゃん宮崎で、おいのコトバは長崎と宮崎のチャンポンさ〜」

「ご両親は？」

空豆は少し黙って「おらん」と答えた。

なんとなく気づまりになって振りかぶり、音は飲み終わった缶を投げた。見事な放物線を描いて、ゴミ箱に落ちる。空豆も真似したけれど、ゴミ箱までは届かない。空豆はムッとして、落ちた缶を拾い上げると、もう一度大きく振りかぶった。


高架橋を電車が通っていく。音にとっては見慣れた景色だ。

「へえ、ここが、音の住んどる街かね」空豆はあたりを見回していた。

「てか、君、なんでついて来てんの？」

「……せっかくやけん、東京の街ば案内してもらおうと思ったけん……」

可愛らしいことを言う。

「これで離れるのも寂しかろ？」

昨日今日と振り回され続けた、もうこれぐらいでいいだろうと思っている音の気持ちを察したのか、「おねがえします！」空豆は手を合わせた。

「ウエディングドレス見た直後に、破談になって孫帰ってきたら、ばーちゃん、失神してしまう。今日一日だけでん、泊めてくれんけ？」

「ほかに友だちは？」

「おらん」

「お金は？」

「ホテルで使ってしまったが」

そのとき「あら、音くん」と声がした。目の前の超高級タワーマンションから出てきたのは白い小型犬を連れた、たまにすれ違うお金持ちの奥さんだ。

「お帰りなさい」

「こんにちは」音は挨拶をするとしゃがんで、犬にワタル！　と、声をかけた。しばらく撫でてやり「行ってらっしゃい、気をつけて」と送り出す。

「ここが、音ン家と⁉」

空豆は、さっき翔太のマンションを見上げていたときと同じ、驚きの表情をしていた。音は、反射的に、うなずいてしまう。

「すごか～！　こげん金持ちやったとね！　あんた金持ちやったとね」

「え、貧乏に見えた？」だとしたら心外だ。

「おいと結婚すっが？」

「いやだ」即答した。

「こげん資産家やったとね。こいやったら、ばーちゃんのエレベーターが……二基でも買える！　台所んとこと……」空豆はマンションを見上げながら、入っていこうとした。

「ねえ、空豆。空豆さん」音は前に回って止めた。

「田舎帰ったほうがいいよ。いつかは帰らなきゃいけないんだ。早いほうがいいよ。みんなの、そのおじさんやらおばさんやら、親戚中の期待が風船みたいに、いや気球みたいに膨らむ前に帰ったほうがいいよ。とくにおばーちゃんの」

「――。そうかもしれんばいね」

「えっ」予想外に素直にうなずかれ、音は声を上げた。

「そんな気もするばい。悪かったね。二日もつきあわして。帰るしかないがね」

「ホント？　ホントに帰る？」

心配になって尋ねると、空豆はアハハ、と声を上げて笑った。

「ああ、もう死なんばい。あんたの救うちくれた命じゃって」

暮れてゆく坂道で、空豆の大きな瞳はしっかりと音を見つめていた。

「今日の夜行バスで帰るけん。あ、そじゃ。音楽やっとるとやろ？　あのスマホのメロディ、すごか曲にするとやろ？　バンド？」

「いや、DTM。ボカロで作ったり」

「ボカロPとね!?　なんて名前？　知っとるかもしらん」

「……マンボウ」

「えっ、ウソじゃ！　マジ？」空豆は口元を押さえた。

「『命が叫んでる』のマンボウやと？」

「あれは、ちょっと苦労した」

何言ってるんだ、俺。そう思いつつも口が勝手に動いていた。

「すごか～。マンボウさんかいね！　めっちゃ有名じゃなかとね。おい、ファンったい。去年も紅白、出ちょったがね。あの、トレードマークの仮面ばつけて。知っとっと一知っとっとー。知っとっとー。あーそいで、こげんとこ」と、納得したように超高級タワーマンションを見上げる。

「サイン、サインばくれんね⁉　東京の記念ったい」

空豆はガサゴソとリュックから、色紙とサインペンを出した。

「……なんでこんなの持ってんの？」

「東京さ一週間おりよったら、誰か有名人すれ違うかもって思ったとよ！」

音は色紙とペンを受け取って、サインっぽくササササッと『まんぼう』と書いてみた。

東京に来てひどい目に遭った空豆を思い、ウソでもばれなきゃそれはそれでいい夢じゃないか、そんな風に音は自分自身に言い聞かせて、偽のサインを書いていた。

「左利きと？」

「今？」この二日間、気づかなかったのだろうか。

「気づいちょった。ピカソもモーツァルトも左利きとよ」

「はい。ピカソの絵」音はマンボウのトレードマークのイラストを添え、渡した。

「あいがとがした」空豆は満足げにサインを見つめ「じゃ」と手を振り坂道を上っていった。

音は遠ざかっていく空豆の背中を見送り、角を曲がったのを確認してから、早足で高級マンションの前を通りすぎて次の角を曲がった。そしてマンションの裏にある古めかしい日本家屋、雪平邸の門をくぐった。

空豆は雪乃湯のサウナにじっと座っていた。もうどれぐらいこうしているだろう。かなり汗が噴き出している。空豆と同じ年ぐらいの女の子が入ってきて、空豆の真っ赤な顔をのぞき込んだ。

「あのお、さっきからずっと入ったままですけど、大丈夫ですか？　ちょっとは外出たり、水風呂入ったり」

「……おい、サウナ入るの生まれて初めてばい」

「ああ、旅行、ですか？」

「んーまあ……。じゃっどん、もう今日帰るとよ。深夜バスまで時間あるけん」

雪平邸の自室で音は、キーボードを弾きながらスマホに録音したメロディの続きを考えていた。イマイチいいメロディが浮かばない。

ガラガラガラ。玄関で大きな音が聞こえた。

「音くーん」響子が呼んでいる。

「音ー、ちょっと来てー！」

「どうしました？」

階段を駆け下りていくと、玄関に大きな物体が転がっていた。

「女の子、拾ってきた。女の子。湯あたりして倒れちゃって。しばらくウチに住まわせることにしたから。うち帰りたくないんだって」

音は物体に視線を移した。見覚えのある赤いチェックのジャケット……。その物体がむっくり起き上がった。

やはり空豆！

「すんません。お世話になります……」

顔を上げた空豆が、音を見て目を見開いた。

「なんで？」

空豆が言ったのと同時に、音も「なんで？」と、声を上げた。

「なんで音がおると？」

「なんでおまえが来ると？」

音は空豆につられ、方言になってしまった。


もう二度と会うこともないはずだったふたりは、あっけなく再会した。

2

音のウソは、本当に、あっけなくバレた。

「どこがマンボウやっと！」

湯あたりから醒めた空豆は、音が書いた偽マンボウのサイン色紙を破り捨てた。言い合いになったふたりをよそに、響子は自分の描いた作品が置いてある一階の納戸をせっせと片づけて、空豆の部屋にすると決めた。

「これからおまえと住むの？」とうんざりと問う音に、

「うれしかろ？」空豆はニッと笑った。


改めて響子に呼ばれ、三人は茶の間に集まった。響子が真面目な顔をしてコタツに座っているので、音と空豆もきちんと正座をした。

「家賃を入れてもらいます」厳しい口調で、響子は言う。

「いくら、あなたが結婚がダメになって家に帰りづらい。ど－しても、今はまだ帰れない。だから、ほんのひとときここに住まわせてほしい。昔からの幼なじみ。いっときもふたりはお互いを疑ったことがなかった。永遠の愛……だと思っていたのにあっさりと、東京の女に乗り換えられた田舎娘が……」響子は舞台ゼリフのように言葉を繰り出す。

「田舎？　鹿児島と宮崎の県境の霧島が美しか、えびの市ったい」空豆は一応、反論するが、「シャーーラップ」と響子に遮られて、

「いずれにしろ田舎。ド田舎。田舎はどこもいっしょ。田舎のイノシシが洗練された女に負けた」と言い負かされてしまう。

「わざとじゃっ。わざとやっとる！　おいを、イジメて喜んどる！」

猛然と抗議をした空豆を、音は「まあまあ」と手で制した。

「家主は私。ここを追い出されたら、あなたは行くところがない」

響子は勝ち誇ったように笑った。

「働いてもらいます。働かざるもの住むべからず」

「食う、では？」

音が訂正を入れるが、響子は人さし指をかざしてチッチッチッチッとする。

「土地こそ我が命。私は正直、大金持ちですが、ケチです」

不動産をいくつか持っている資産家の響子は、きっぱりと言った。

「はい！　仕事探します！」と宣言する空豆に、響子は言った。

「いや、あんたの売り先はもう見つけてある」


響子が決めてきた空豆の働き先は、近所の蕎麦屋、大野屋だった。

「注文を受けたらここで作ります」と仕事を教えているのはこの店の娘、丹沢千春《たんざわちはる》だ。

「こちらから、せいろ、ざる、もり……」

蕎麦の種類から始まって、千春から仕事についてレクチャーを受けている空豆は、聞き逃すまいとメモを取るのに必死だ。常連客や遠近問わずに訪ねてくるグルメの客が、開店直後から続々とやってくる。老舗の人気店だ。値段は高いが。

「おひとり様だったらカウンターね。蕎麦茶とお手拭きを出す。そして、注文を取る……あ、今のはメモ取るほどのことはないよ」

「ここん人やったとですねえ」

空豆はしみじみ、千春の顔を見た。前の晩、サウナで倒れた空豆を助けたのが、千春だった。

「ごゆっくり～」

厨房から常連客に挨拶をするのは千春の父、丹沢博《たんざわひろし》。響子の幼なじみでもある。

「これが、店主。私の父。オデコ、叩いていいよ。いい音したら、その日、いいことあるの」

千春は父、ヒロシの広めのオデコを指して言った。さすがの空豆も叩きはしなかったが、ヒロシは自らオデコをペチンと叩いた。

「う～ん、いい音。いいことあるよ♪」

音は、アルバイト先の富ヶ谷珈琲に現れた爽介と、奥渋のしゃれたレストランや雑貨店のある道を並んで歩いていた。音はまだ音楽の仕事だけでは食べていけないので、週に何度かシフトを入れている。

「一緒に歩けるとは思わなかったな」

「ちょうど、早番だったんで」

「ちょっと音くんの淹れたコーヒー飲みたいと思ってね。おふくろ、元気かな？」

「お元気ですよ。ずっと」

「音くんがウチに下宿してくれてるおかげで、安心してられる。音くんの親御さんは元気？」

「ああ、はい」

音の実家は神戸で、だからときおり関西訛りが出る。

「たまには、連絡取ってる？　ひとりっ子でしょ」

「なかなか……。四大出して、就職しないで、パソコンとにらめっこして、なに作ってるかわかんない、不肖の息子ですよ。爆弾作ってないだけいいかって俺のことあきらめてます。なに話していいかわかんないっす」

「なに話すっていうより、声だけでもさ」

「……響子さんは、幸せです。こうやって息子さんに心配されて」

「……ふがいない息子で」

「よく言いますよ。俺とはぜんぜん違うじゃないですか？　自動翻訳システムの開発で大成功した、自慢の息子さんです。ん、この前、『Ｆｏｒｂｅｓ』に載ったでしょ。〝日本の若手起業家30人〟。あれ、響子さん、本屋で買い占めて、近所じゅうに配ってましたよ」

「そういうこと……やめてほしいんだよね」

爽介は苦笑いを浮かべた。


大野屋の休憩中に空豆のスマホが鳴った。

『ああ、空豆ちゃん、エレベーターの入金の期限、来月中にはお願いしとるよ』

電話をかけてきたのは、たまえのいる実家にエレベーターを設置する業者だった。

「あ……いくら？」

『三百万』

「……三百万!?」息が止まりそうになる。

『結婚じゃかい、これでも引いとるが。お祝いよ』

その後はどんな会話をしたのかよく覚えていない。

「三百万……」

電話を切った空豆は店の前にあったスタンドにもたれかかった。それほど頑丈ではないスタンドがガシャーンと派手な音を立てて倒れ、そこにさしてあった蕎麦のテイクアウトのチラシが道に散らばった。一生懸命拾い集めていたが、街ゆく人は誰も手伝ってはくれない。〝東京は冷たか〟空豆がそう思っていると「はい」と、いかにも東京の人といったおしゃれな男性が、チラシを拾い集めて手渡してくれた。

「テイクアウト、始めたんだね」

男性は爽やかな笑顔を残し、去って行った。

「……あいがとがした～」

空豆はそのシュッとした後ろ姿に頭を下げた。


爽介に言われたことが気になった音は、たまには親に電話をかけてみるかと、スマホの画面に『母』の連絡先を表示してみた。発信の文字をタップしようとすると、ちょうど電話がかかってきた。イソベマキだ。

『あのさあ、仕事のことなんだけど』

いい話？ 期待して次の言葉を待っていると、『あっ、ズビダバ！ どうした？ なに？』と、イソベマキの慌てる声が聞こえてきた。どうやらズビダバにトラブルが起こったみたいだ。

『いや、ジャケ写撮影もめちゃって』とイソベマキの電話の向こうからマンボウが訴えてくる。『あ～ら、大変！ なんてこと。行く行く行く！ 今行く』とイソベマキは言い、『音くん、明日会社来て』とブチッと電話を切った。

「え、何時に？」の問いに返しは……もちろんナイ。

途方に暮れて空を仰ぐと、ビルの上にズビダバの大きな看板があった。

大野屋の閉店後に、空豆は店の座敷で店主のヒロシにアルバイト代の前借りはできないか、と直談判していた。

「はい。働き出したそん日に、申し訳ないっちゃけど」

「ふむ……。いくら?」

「さんびゃく……まん」

「はっ?」言葉を失うヒロシのそばで、千春が「空豆ちゃん、三百万って、待って。待って待って待って」とスマホを出して計算し始める。「時給一〇七二円で、一日、七時間労働。空豆ちゃん、生活費ゼロとしても…三年分の前借り」

ありえない。空豆だって、それはわかっていた。

事情を聞くよ、と千春が自分の部屋に呼んでくれた。空豆はお金が必要な理由を話した。

「家の中にエレベーター?」

「翔太が買ってくれようち、しとった。ばーちゃんが足悪いけん。う……ショウタ」

また、涙が込み上げてくる。

「元婚約者ね。で、ウエディングドレスも来た」

「はいい。そういえば、あれんお金も。あっ、ちーちゃん結婚せん? 格安であのウエディングドレス……」譲るよ、と言いかけたが千春が遮った。

「やっ、空豆ちゃん。ウエディングドレスもエレベーターもある。ないの、ダンナだけじゃんっ。私、いいこと思いついた！　婚活しよう婚活！」

「コン……カツ？　じゃっどん、おい……」

「空豆ちゃん！　港区女子デビューは？」

「は？　港区？」

「隣の区だよ。遠征だよ。麻布十番とか。ＩＴ長者がうじゃうじゃ。エレベーター代なんてへでもない。ポンと出してくれる。やつらにとっては、三百万なんて三百円くらいのもんよっ」

「円安？」

「ぜんぜん違うけど」

「港区女子、なんね、そい」

「これが、港区女子」

千春は近くにあった大人デート情報誌を手に取り、表紙の女性を見せた。

「真冬にノースリーブ？　風邪ば、ひかんとかね。あ、ここん来る芸能人と結婚できんやろか？」

ときおり、大野屋には有名人が来ると千春が言っていたのを思い出して言ってみた。

「空豆ちゃん、じゃっどんとか言いながら、けっこう自信家なんだね」

千春は空豆を呆れたように見ていた。

その夜、空豆はコタツでミカンを食べながら、音に〝港区女子化計画とコンカツの話〟をした。

「無理と思うよ」音ははっきりと言った。

「なんで？」

「だって、空豆だろ」

その言い方にムカつき、空豆は籠の中にあったミカンをビシュッと投げつけた。

「うわっ」音はなんとかキャッチして「食べ物投げつけんなよっ」と投げ返した。

空豆はジャンプして軽々キャッチする。

「おまえ、身体能力すげー高いじゃんっ。絶対拾うじゃん。そか。サルだから」

音は、自分のスマホを噴水に落ちる前にキャッチした空豆のことを思い出していた。

「なんとーーー!?」

空豆が棚に置いてあった爽介のお土産の籠からお手玉を投げると、音の頬に当たってしまった。

「俺の美しい顔に何をする」

「血が出とう」

「えっ、ウソ」

音は空豆のウソに引っかかり、立ち上がって鏡を取ろうとした。空豆は音の後頭部にもうひとつお手玉を投げつけた。音が投げ返すが、運動神経抜群の空豆はサッとよけ、そのお手玉はちょうど茶の間に入ってきた響子に当たった。

「あんたたちは、いくつなの？」

呆れ顔の響子に、ふたりはほぼ同時に「二十三」と答える。

「でも、響子さん。いつも年齢なんてただの記号って言うじゃないですか？」音は主張した。

「そう、その通り……」と、うなずきながら、響子はフェイントでビシッと、空豆にお手玉を投げた。

「なにをもめたの？　おっしゃいっ。なんか面白いことあった？」

「響子さん、私、港区女子になります！」空豆は高らかに宣言した。

「えっ、おまえ、訛らないでしゃべれんの？」音は驚いて声を上げた。

「港区女子？　そんな人は出て行ってもらいます！」響子は眉をつり上げた。

翌日、千春は自分のクローゼットからいろいろと服を出し、空豆に見せていた。

「港区女子は響子さんのお気に召さなかったようなので、清楚系でいこう。そのほうがじつは実りは大きい」

「よかったばい。おいも、いくら男ん気引くためとはいえ、冬にノースリーブはきつか」

「空豆ちゃん、くったくないふりして、わりと神髄のところわかってるよね」

「ここぞってとこで、カーディガン脱ぐとやろ?」

「そうや。せからしか!」

「あ、それ意味違う」

イソベマキに呼び出された音は、ユニバースレコードの会議室でテレビモニターを見ていた。

『あなたの癒しの時間です。黒川温泉』温泉の映像には、女性のナレーションが入っている。

「これに……音楽を」

「ちょっと知り合いがいてね。やってくれないかって」

そこにドアをノックする音がしたと思うと、アリエルとマンボウが飛び込んできた。取材が終わったことをイソベマキに報告しに来たのだ。

「ウソ……。ズビダバだ。本物」音は思わず声を上げた。

「あっ、紹介するわ。こちら、デカフェさん。『そして彼女は』や『風を巡る旅』の……」

イソベマキが音をズビダバに紹介しようとするが、

「や、ちょっと存じ上げない」マンボウは遮った。

「こちら、ま、言わずと知れた、マンボウくんとアリエルの、ズビダバ」

イソベマキが言う前から、音はふたりを羨望のまなざしで見つめていた。

「あの、イソベマキさん。編集さん、取材したのすぐにリリースしたいそうで写真チェック」アリエルが言う。

「あ、オケオケ。写真チェックってもねえ。マンボウくんはどの角度から撮っても、マンボウ」

マンボウは、マンボウのマスクをつけて活動している。素顔は公開していない。

「あ、イソベさ～ん。私、昨日飲んで今日ちょっと顔むくんでるんで、レタッチ～」と、アリエルに言われ「わかってるわかってる。小顔にしとく～。あと、目の下の、クマだぞ～」そう言ってイソベマキは会議室を出て行った。

マンボウとアリエルと三人で残されてしまい、音は気まずかった。

マンボウはソファに腰を下ろして、「ね、んなダサイ仕事受けないほうがいいんじゃない？　あなたの癒しの時間です～なんて」とCMの真似をして、音に言う。

「ですかね」

「ねっ、自分の音、そんな風に安売りしていいの？」

マンボウは格好つけて脚を組み、じっと音を見据えた。でも、顔はマンボウのマスクをつけたままだ。音は噴き出しそうになるのを堪えながら、神妙なふりをしてうつむいた。

「俺なんかさ、売れないうちからプライドだけは持ってたわけ」

「サトシくん、マンボウかぶったまま」

アリエルに指摘され、マンボウは「あっ……どうりで暑いと」と、マスクを外した。そして「あっついんだよね、これ」とタオルで顔を拭いている。

「あ、ファンです」

初めてマンボウの素顔を見た高揚感もあって、音は素直な思いを口にした。

「ずっと聴いてました。『せつないデイズ』とか」

「えっ、そなの？　やだな。そんな古いの。言ってよ」

音の褒め言葉に、マンボウは途端に機嫌がよくなった。サインがほしいという音に、「うん、うん、もちろん。待ってて。もらってきてあげる。色紙」とマンボウは自ら立ち上がった。

マンボウが出た会議室で、アリエルがじっと音を見ている。見つめ返す勇気もなく、音は目を逸らした。アリエルは音の隣に移動してきて、

「私は、デカフェくんのファンなの」と音の腕にしがみついてくる。

「私ね、好きな人見ると、触りたくなっちゃうの」

「ああ……そうですか」

音はどうしたらいいのかわからずにいた。セクシー路線で売っているアリエルは、色っぽい目で音を見ている。

「私ね、好きな人見ると、キスしたくなっちゃうの」

ま、マジか。音が頭を高速回転させて身の振り方を考えていると、

「あったあった、色紙」と言いながら上機嫌のマンボウが戻ってきた。アリエルは慌てて

サッと立ち上がって、「なんかね、落ちてたの。そこにゴミ」とごまかしながら、席に戻った。さっきまでの艶っぽい雰囲気はみじんも感じさせずに、クールにふるまっている。

マンボウがサインしてくれるのを見ながら、音は複雑な気持ちになっていた。


「わーーー、本物じゃ！　本物のズビダバのサインじゃ！　ありがとう！」

音からサインを受け取った空豆は、大感激していた。

「てか、君だれ？」

「私は生まれ変わりました。誕生祭、やってほしか」

空豆は、いつもボサボサだった髪をきちんとストレートにセットし、お嬢様風の水色のツーピースを着ている。

「やらないよ」音はつれない口調で言った。

「さっきさ、響子さんにマッチングアプリのやり方教えてもらって」

「なんでそんなの知ってんの？　響子さん」そのほうが驚きだ。

「そしたら、すごいがね。おい。百五十件、イイネ、ばい」

空豆がスマホの画面を見せてきたが、音は面倒くさいから目を逸らした。

「じゃっどん、おい、むなしか～」

「なにが？」

「こん人ら、おいの皮しか知らん」

「皮？」

「外側の皮ったい。顔とキレイな服と、耳触りのいい二、三行の自己紹介たい」

「……だって、そういうもんでしょ。マッチングアプリって」

「翔太はおいのなんでん、知っとった。おいの小学生のときから知っとった。遠足んときに、箸忘れてから、泣きよっとも知っとった」

「そんなことで泣くなよ」音はツッコんだ。

「ばーちゃんのチラシ寿司。楽しみにしよったとよ。そしたら、翔太が……」

空豆の翔太との思い出話は尽きない。

「わかったわかった。自分の箸貸してくれたんだよね」

だいたい想像がつく。

「おいが食べ終わってから、食べよらした。おあずけ食らった犬のようじゃった」

話しながら、空豆はまた泣きそうになっている。

「コンカツするなんて、わりとワリキリいいんだな、と思ってたよ。あんなに好きだったのに」

「なんかしよったほうが、紛れるけん」

空豆は、川の中に落ちていく指輪と、それを追って自分も飛び込もうとしていたことを思い出していた。

「えっ、気紛らすためにコンカツやってんの？」

「冗談から本当。ウソから出た真実。棚からぼた餅、犬も歩けば棒に当たる、そげんこともあるっちゃないと?」

「最後のだけ、ちょっと違わない? あれ、合ってるのか?」音は首をひねった。

「おい、思うとさね。誰か思う人がおると人間は強うなれる気のする。なんかあっても、嫌なことあっても、落ち込んでも、そん人のこと思うと強うなれる。翔太……思うだけで、おいは、力が湧いてきたったい。ひとりやなかっち思うだけで、どげんことあっても生きてける気がしよったと」

空豆は力説した。

「今は、自分が弱あなったような気のする。心がちいそうなってしまった」

「……いいのかもしれないね、コンカツ。そこでいい人と巡り逢えるかも。空豆、人好きになる能力値高そう」

「そうけ?」

さっきまで泣きそうだったのに、花が咲いたように、ニコッと笑う。

「基本、人信じてるんだよ」

「音は、基本、人信じてないと?」

「わかんないけど」

「好きな人、ずっとおらんと?」

「うーん。そうでもないけど。大学卒業して就職しなかったでしょ? 音楽でやってこうと思って」

　話すつもりもなかった、昔の恋愛の話をした。

「そしたら、彼女に逃げられた。一流企業に就職した俺の友だちとつきあい出した」

「……そういうこと、言わんね。音」

「言っても仕方ないし。俺は恋愛とか、もうちょっと、いいかな。でも、空豆。それ、似合ってる。見違えた」

　最後は素直に、きれいになった空豆を褒めた。


　翌日、音はアルバイト先の富ヶ谷珈琲で、ひとり客の女性のテーブルに近づいていき、声をかけた。

「お下げしてよろしいでしょうか？」

　コーヒーカップは空だ。下げようとすると、女性が「あのぅ」と声を上げた。

「私、あなたにひとめ惚れしたの」

　突然そう言われて、音は驚いて彼女を見た。豊かな黒髪に大きな瞳が印象的な女性が、音を上目遣いで見ている。

「電話くれない？」

　女性は四つ折りにしたメモを差し出した。音が戸惑っていると「ごちそうさま。美味しかったです。コーヒー」と立ち上がり、レジのほうへ行ってしまった。

「あ、いえ……」

後を追おうとするが、女性は振り返って、はにかむような、なんともいえない笑みを浮かべた。笑い返すべきか。いや、うまく笑えない。そして、メモも返せなかった。


空豆が雪平邸に帰宅すると、玄関前に両手に大荷物を持った男性が立っていた。パンパンに詰まった紙袋、テレビでしか見たことがないようなバラの花束、ケーキの箱……。

「よ、よよ」

その男性がチャイムに手を伸ばしたけれど、持っていたケーキの紙袋が傾いて落っこちそうになっている。

「あっ、ケーキ」

シュタッ。身体能力の塊、空豆はケーキの箱をキャッチした。

「あ、ありがとう」

「あっ……」昼間、店の前で空豆がばらまいたチラシを拾ってくれた人だ。空豆はすぐに気づいたけれど、男性は覚えていないようだ。空豆は、自分はこの家の居候だと挨拶した。

「へえ～。君が新しく住むことになった女の子なんだ」

「あ、はいい」

元気にうなずくと、中から響子が出てきて、

「爽介！」

「かーちゃん」

ふたりの熱いハグを見て、空豆は「フランス？」とつぶやいた。


帰国した爽介を招いて、この日は庭でバーベキューパーティーだ。爽介が聞きたがるので、音は火をおこしながら、空豆と自分の出会いや、空豆の近況を話した。


「コンカツ？」

爽介が空豆を見て言う。

「はいい」

大きな口を開けて肉を食べようとしていた空豆は、慌てて口を閉じた。

「じゃっどん、マッチングアプリも、街コンも、おい、向かんごた」

「でも私は向いてないって言ってます」

音が空豆語を通訳する。

「退屈してしまうと。いくつですか？　趣味はなんですか？　音楽なに聴きますか？　単調たいっ。会話が単調！　単調単調単調っ。おい、飽きてくっとよ」

「ぜいたくっ。振られたくせに、ぜーいーたーくっ」響子のツッコミは厳しい。

「ぜいたくついでに言わせてもらうと、ろくな男は来んばいっ」

空豆が語るのを、爽介は「ほお」と合いの手を入れながら聞いている。

「プロフィールに書いてあるこたウソばっかじゃ。年収一千万、ウソん決まっとる。なんなら、写真も盛っとる。会うと、顔がデカか！」

「顔デカイの、ダメなの？」

「翔太は、こげん。こがん小犬のように小さかかった」

空豆は両手で顔の大きさを示しながら、また泣きそうになっている。泣き上戸だ。

「音くんも小さいじゃない、顔」爽介が言うと、

「顔が小さきゃいいっちゅうもんじゃないがよ」

速攻否定され、音は流れ玉に当たった気分だ。

「こげん叱られて廊下に立たされた中学生のごたあ、おい、好かん」

「なんだと！　こっちも好かんわっ。出てけ、イノシシ！　サル！」

子どもじみた口ゲンカは、ヒートアップするばかりだ。

「せめて人間になれ！　早く人間になれ！　じゃっどん、やめろっ」

「おいのどこが、人間じゃなかと？」

「あっはは。すごい、ふたり仲いいねえ」爽介は声を上げながら、仲裁に入った。

「そうよ。仲よしこよしよ～」響子は歌うように言った。

たき火の灯りのなかで、爽介がアコースティックギターをボロロンとつま弾く。

「♪汽車を待つ君の横で　ぼくは時計を気にしてる　季節はずれの雪が降ってる」

響子は『なごり雪』を歌い始めた。

「♪なごり雪も　降る時を知り　ふざけすぎた　季節のあとで」

サビからは爽介もハモる。

「♪今　春が来て君はきれいになった　去年よりずっと　きれいになった」

うっとりと聴いていた空豆は、涙ぐんでいた。誰にも気づかれないようにこっそり指でぬぐっていたけれど、音は気づいていた。

「いい歌じゃ」空豆は片づけをしながら、音に言った。響子と爽介はまだ歌っている。

「すごく昔の歌だよ。一曲でいい。俺も人の心に残る曲が作りたい。時を超える曲が作りたいんだ」

「ふうん」空豆はらしくない、優しい笑みを浮かべている。

「ちと酔ったたな……でも、『なごり雪』って空豆の歌みたいだね」

「なんで？」

「東京から帰る歌だし」

「……春が来たらおいもきれいになるがやろか？」

「だといいね」

暗闇のせいだろうか。音もいつもの音らしくない、優しい言葉をかけることができた。

音の部屋に爽介と空豆が来ていた。デスクトップで音の作った曲を流すと、

「え、いいじゃない？」爽介が褒めてくれた。

「そうっすか?」

「あ、そこ、つなぎ、こんなんは?」置いてあったギターで即興のメロディを弾く。

「あっ、かっけー」

音は空豆に「な?」と聞いてみた。空豆も「すごか」とうなずく。

「あ、ホント、じゃ、あげる」

爽介は軽いノリで言う。

「え、爽介さんの作った大事なフレーズですよ」

「使ってよ、そっちのほうが俺はうれしい」

「……なんで音楽やめたんですか?」

音は、前から聞いてみたかったことを尋ねてみた。爽介は大学時代、音楽をやっていて、一時はプロを目指していたこともあったのだ。

「ベースがあればアレンジはできる。でも一からじゃ、このサビが俺には出ない。俺にはこのサビが降ってこなかったもん。音は、がんばれよ、絶対に、大成する」爽介が音を励ますように言う。

爽介と音の会話を聞いていた空豆は、ふたりの邪魔をしないよう、そっと部屋を出て行った。

空豆は一階に降りて、響子の部屋の襖をノックした。響子の「はーい」という返事を聞いて、空豆は扉を開けた。

「ケーキのお皿どれかと……」と言って空豆が室内に入っていくと、響子はパソコンで動画なのか静止画なのかわからない映像を見ていた。

「これはなんと？」

「あ、あんた、まだ見たことなかったね。これは、アフリカ大陸のナミブ砂漠の水飲み場に設置された定点カメラの映像」

「えっ、これがアフリカの砂漠の今とつながっとっとね」

水飲み場に来る野生生物の姿がリアルタイムで配信されているのだそうだ。

「なんもおらんね」

今は画面に動物の姿は、ない。

「もう、みんな、集まってんの？」

「んにゃ、まだ。爽介さんと音は、音楽作っちょるが」

「そうか。よきよき。若き芸術家たち！」

響子はうれしそうに言ったが、空豆は笑えなかった。

「……おいは、好かん。何かを作ろうとする人は、好かん」吐き捨てるように言った。

「さっきあんたが泣いた歌も、誰かの作ったもんだよ」

「そりゃ、そうかもしれんが。おいは泣き虫じゃけん、すぐ泣くけ」

「なんで？　夢を持つのがいけないかい？」

響子は小さい子どもにそうするように、空豆の顔をのぞき込んだ。

「多くの人を、遠くの人を楽しませる人は、近くの人を悲しませるっとよ」

「空豆……。誰か、身近にそういう人がいたのかい？」

「……おらんが」空豆は唇をギュッと結んだ。

「才能あるのに、音楽やめた爽介さんは、偉かと思う」

「才能はね、なかったの。音楽の才能はなかったの、あの子は。だから、言葉の意味をAIで理解するという、自動翻訳システムを作り、一発当てた」

「なんじゃそりゃ」

響子は首をゆっくり振って、わからないという仕草をした。

「ま、そっちの才能はあったわけだよね」そして改めて空豆を見つめて、

「空豆。才能ある人はやめないよ。たまに才能ない人もやめないけどね」

「音のことと!?　音は才能、ないと？」

「音くんは、才能、あるわよ。だから置いてる。あんた、デカフェくんの曲聴いてみた？」

「はいい。何曲か」

「どう思ったの？」

「ときどき、いいっちゃないと？　っち思うもんもあったとです。じゃっどん、特別にすごかものなのか、十人にひとりくらいは作れるもんなのか、おいには、わからん。プロやなか」

「プロでもわからんばい。それが、人生の面白かとこよ」

響子は空豆の言葉を真似て楽しそうに言った。

「でも、物を作るってのは、人間が一番遠くまでいける手段なんだよ。このアフリカよりも遠くへ」

空豆は、響子の言葉を聞いてしばらく考え込んでいた。パソコンの画面にはキリンが映り、静止画のようだった定点カメラの映像が、動いた。


音は爽介に、今日、イソベマキから打診された仕事について相談していた。

「やってみたらいいんじゃないかな」と爽介は当然の選択のように言う。

「え、黒川温泉のコマーシャルですよ」

「いま、自分の音楽をＹｏｕＴｕｂｅにあげてる感じでしょ？　発注されて作るってのは、また違うんじゃない？　それ作ってお金もらったら何か変わると思う。プロの意識、みたいな」

「……プロの意識……」

音は、爽介の言葉の意味を考えていた。

茶の間で、空豆が箱からケーキを出した。

「きれいか～。花のようじゃ。おい、こげんきれいなケーキ生まれて初めて見たとよ」

オレンジ色のマンゴーの果実が、大輪のバラの花に形作られている。

「空豆ちゃん、ホントかわいいね」

爽介は無邪気にはしゃぐ空豆を見て笑った。

「えっ……」

爽介に褒められ、空豆は照れてしまう。

「あ、そうだ。今度、仲間うちで、異業種交流会っていう名の実質、コンカツパーティーみたいの、行く?」

コンカツ? 空豆は目を輝かせた。参加する気、満々だ。爽介と空豆のやりとりを見て、音は複雑な気持ちになっていた。


翌日、黒川温泉のCMソングの仕事を引き受けることにした音は、富ヶ谷珈琲の店の外から、イソベマキに電話をかけた。

『うん。いいよ、やったほうが。なんだって経験』

「はい、そう思って」

『あ、コンペだから』と突然、そして当然のようにイソベマキが言う。

「えっ?」音は素っ頓狂な反応をしてしまった。

音への個人的な依頼ではなく、コンペで、十人くらいの若手コンポーザーに声がかかっていると言う。中にはそこそこ売れているコンポーザーもいた。

『やだ。自分がいっぱしの作曲家の先生とでも思った？』

「いや」否定はしてみたけれど、じつは、自分への依頼だと思っていた。

『あ、ごめん。さっき部長にイヤミ言われて当たっちゃった。つい弱いものに当たっちゃうのよね。気をつける』

「気をつけてください。ガラスのハートなんで」

〝どうせ俺は弱いもの、ですよ〟、電話を切って店の中に戻り、ふとエプロンのポケットに手を入れてみると、この前、客の女性からもらったメモがあった。思わず彼女が座っていた椅子を見てしまう。あの日から彼女は一度も来ていない。

〝からかわれたんだ。どうせこの電話番号もかけたら蕎麦屋の出前とかにつながるんだ……〟そんなことを考えながら、音はカフェの仕事に戻った。


宮崎の空豆の実家には、翔太が訪れていた。そして、体をふたつに折りたたむようにして「本当に、申し訳ありませんでした」とたまえたちに深々と頭を下げた。

「こんなことになってしまって。式まわりのことはこちらでキャンセルしたのですが、今後の処理のこととかあったので、その後、空豆に、あ、いや空豆さんに連絡取ろうと電話したのですが、着拒になってるみたいで」

「ちゃっきょ……」

首をかしげるたまえに、のりこが「着信拒否よ」と説明する。

「そげんこつより、あん子、どこにおると⁉」

たまえは翔太に詰めよった。

「電話しても、はんと一緒におるっていうことばっかり言うよって。あん子どこにおると？　なんしよっと？」

「あっ、空豆ちゃんこの前、電話あったよ。月末にエレベーターのお金ちゃんと振り込むって」

実家に来ていたエレベーター業者が発した言葉を聞いて、たまえは目をひん剝いた。

「身を売ったと⁉　臓器売ったと？　東京ん街のやばか店に、沈められたかいね？」

たまえは半分パニックになりながら、そこにいるみんなの顔を見回した。


空豆はドレスアップをして、コンカツパーティーに参加するため、超高級ホテルに来ていた。

「見違えた」

ロビーで落ち合った爽介が驚いて言う。

「マックス」

「マックス？」

「こいがおいの最大限でごわす」

空豆は少し緊張気味に言った。千春にコーディネートしてもらったお嬢様ふうのブルーのドレスだったが、どうも着慣れない。ヒールの靴も、歩きにくい。

「言葉はそのままでいくの？」

爽介が尋ねたとき、空豆のスマホが着信した。バッグから取り出してみると『ばーちゃん』だ。空豆は出ずに、マナーモードにした。

「いいの？」

「知らん人からったい」

「ばーちゃんって」

「だから、知らんばーちゃんがよっ。そんな人もおるとやろ」

空豆はやけになって言った。


「コーヒーでも飲まない？」響子が自室で作曲の作業中だった音に声をかけてきた。音は茶の間に下りて、響子のためにコーヒーを淹れさせられた。

「あの子は、ああ見えてたやすい。女のあざとさがわかってない」

響子がひとりごとのようにつぶやいた。

「爽介さんのことですか？」

「あ、わかった？　そんな感じする？」と響子は、我が意を得たりと問い返してきた。

「まあ……ちょっと」

音も、長い付き合いの中でうすうすとそう思っていた。

「そうなのよ。ころっと騙される。二股かけられる。捨てられる。一週間、部屋から出て来ない。高校、大学、と二回あった」

「相当、可愛かったんでしょうね、お相手」

「モデルみたいな金のかかりそうな、リカちゃん人形みたいな細っこい子にコロッといく。あの子は田舎の素朴な金使わなそうな子がちょうどいい」

「えっ、だから拾って来たんですか？　空豆を」

音が驚いて言うと、響子は軽くうなずいた後、表情を一変させて小さく叫んだ。

「でも、ホントは悔しいっ。あの子を誰にも取られたくないっ」

「えっ、まさかの毒親？」

「世の中の母親たちは、多かれ少なかれそう思っている」と、しみじみコーヒーカップに口をつけた。

空豆はホテルの宴会場の外に出て、ひとりベンチに腰かけていた。わかってはいたが、空豆は浮きに浮いていた。出席者の男性はインターフェイスだとかリソースだとかアウトソーシングだとか、わけのわからない横文字ばかり話すし、女性も海外留学していたとか、起業しているとか、華々しい経歴を誇示する人ばかり。

空豆は、地元の役場で働いていたがすでに寿退社していた。それなのに結婚の予定もなくなり、今は大野屋でアルバイト。しかも方言で話す空豆はパーティー会場で、疎外感でいっぱいだった。

ふと気がつくと、五歳くらいの女の子がいた。目が合うと、手に持っていたボールをふわりと投げてくる。空豆はキャッチして、投げ返した。

「ママ、トイレと？　行かんでよか？」女の子に話しかけた。

「ここで待ってろって」

「そがんね」

今度はいたずらっぽく笑いながら、女の子は持っていたボールを思いっきり投げてきた。空豆の頭に当たって、ぽーんとはねる。

「痛か！　なんすっとよ!?」

おおげさに痛いふりをしながら、ボールを拾い上げた。振りかぶって投げる真似をすると、女の子が声を上げて逃げていく。だんだんと鬼ごっこのようになってきた。空豆がつかまえようと追いかけると、女の子はつかまらないように身をよじる。楽しくて、ふたりはきゃあきゃあと声を上げて笑った。

「つかまえた～」

空豆が女の子をすっぽり抱きしめたところに、母親らしき女性が戻ってきた。

「ママ、お食事行こう！」

女の子はもうママのことしか見ていない。女性は空豆に一礼して去って行った。手をつないで歩いていくふたりの姿を見送っていると、いろんなことが思い出されて、空豆は悲しくなってきた。

「どうですか？　パーティーは？」突然、爽介が後ろから空豆の肩を叩いた。

「おい、作り笑い好かん」

「おいも好かん」

　爽介の口調がおかしくて、空豆は笑った。

「出ますか？」

　爽介が言い、ふたりはパーティーを抜け出すことにした。


　コーヒーを飲み終え、自室に戻った音は、改めて曲作りに没頭した。どれぐらいの時間が経ったろうか。曲の出来栄えに自分でも驚くほどだ。

「できた！　え、よくね？　これよくね？」

　音は思わず部屋を飛び出して空豆を探した。だが、どこにもいない。どこかに行ったのかと電話をかけようとして、空豆が今夜いないことを思い出した。

「あ、今日、コンカツパーティー」

　そして、自分が驚くほどがっかりしていることに気づく。そのことをなんとなく認めたくなくて、音は別のだれかを探した。

　響子の部屋に行ってみる。「響子さん、響子さん」ノックしてみたけれど「今だめ！　イソベシマウマ」という声が返ってきた。アフリカの動画に夢中で相手にしてくれない。イソベマキに聴かせる、一瞬頭をよぎったが、また「心がない」と言われそうな気がして怖くなった。イソベマキの前にやっぱり誰かに聴いてもらったほうがいい。音は部屋に戻ってスマホを取り出した。画面に『爽介さん』と表示させたけれど、「あ、今日、コンカツパーティー」とスマホを置いた。

音は自分の孤独を嚙みしめた。誰もいない。誰か……。そのとき、机の上の四つ折りのメモが目に入った。誘うように風に揺れた。そのメモに書いてあるスマホの番号を、音はじっと見つめた。

番号をプッシュし、呼び出し音を聞いていた。なかなか出ない。それはそれでホッとして電話を切ろうとすると『もしもし』と、声がした。明らかに警戒している声だ。

『どちら……さま?』

わからないのならそれでいい。「あ、すみません。間違えました」通話終了のボタンを押そうとした。

『あっ、待って。もしかして、あの……カフェの』

「あ……はい」

『電話待ってた……!』さっきまでとは違い、声がはずんでいる。

空豆は助手席で、かしこまったように座っていた。運転している爽介も言葉少なだ。

「さっきの子かわいかったね。遊んでた小さい女の子」

「あ……。おい、あのまま捨てられたけん」

ずっと頭の中をぐるぐる巡っていた言葉が、ふと空豆の口を突いて出た。

「え?」爽介は動揺したのか、ハンドルを持つ手が一瞬ブレて、車が少し揺れた。

「おい、母親トイレ行ったまま帰って来んかった。捨てられたと」

今度は、なるべくなんでもないことのように言ってみた。爽介は無言でハンドルを握っている。

「あはははは。重かね。会ったばっかの人になに言っとっとやろ。おかしか」空豆は笑った。

「大丈夫だよ」と爽介が言ってくれたけれど、空豆は話題を変えた。

「おいのこと、忘れよったがね。蕎麦屋の前で会ったとに」

ごまかすように、ちょっと爽介を責めるようなニュアンスで言ってみる。

「転んでチラシばらまいてたよね」

「覚えとっと? ほしたら、なんで……」

意表を突かれ、今度は空豆がうまく言葉を返せない。車内はしばらく沈黙が続いていた。

空豆は窓の外を流れる東京の夜景を見ていた。

「どこ行くと?」沈黙に耐えられなくなって、尋ねてみた。

「遠く? 近く?」爽介に問い返されて、空豆は少し考えた。

「……ちょっと遠く」

空豆が言うと、爽介はほんの一瞬だけ空豆を見て、笑って言った。空豆もすぐに笑みを返した。

「いいね」

爽介は真剣な顔でまっすぐに前を見てハンドルを握った。

空豆は少しだけ大人の表情で、窓の外に視線を移した。

3

車内の空気は濃密だった。ふたりは言葉少なで、何かが始まる緊張感をはらんでいた。

その静寂を破るように、空豆のスマホが鳴った。

「ばーちゃん」画面を見た空豆は、つぶやいた。

爽介は「出ないの?」とうながすが、空豆は「いんや」と首を振った。

「なんかあったかもしれないじゃない。出たほうがいいよ」

じゃ、すんません、と車を路肩に停めてもらい、降りて電話に出た。

「もしもし」

『あんたは、何をしとっと!?』

電話の向こうのたまえがいきなり怒鳴った。耳がキンキンして、空豆はスマホを離した。

『今日、翔太が来たとよ! 結婚ダメになったっちゃがね! あんた何やっとっと? 何しとると! どこにおっとね!』

たまえが矢継ぎ早に質問してくる。

「私は今」空豆はあたりを見回した。車の中の爽介と目が合ったので、ゼスチャーで助手席側の窓を開けてくれと伝え、そして爽介に「この車、外車とね?」と、問いかけた。

「そうだけど」

「いくら？」

「値段？　一千五百万くらい？」

答えを聞き、空豆はスマホを押さえていた手を外した。

「私は今、どこにいるかち聞かれれば、一千五百万のいかつい顔した外車でドライブしております」

『はあ～？　帰ってこい！　うすら寝ぼけちょっこと言いよらんで帰ってこんね！』

「んにゃっ！　おいは帰らん！　東京で結婚するったい！　翔太より、よか男ば見つけたけんね！」

『ウソばっかつきよらす』

「ウソじゃなか！　ちょい待ち」

空豆はまたスマホを押さえ、心配して運転席から降りてきた爽介を見た。

「すみません。私と結婚しませんか？」突然の申し出に、爽介はしばし黙っていたけれど、

「……しますか、結婚」と唇の端に笑みを浮かべた。

「マジ、か？」

自分で結婚の話を持ち出しておきながら、空豆は爽介の意外過ぎる答えに驚いていた。

「商店街の福引きで当てました。水族館の無料チケット」

その翌日、響子が空豆に水族館のチケットを渡すと「爽介さんと行くが」と大喜びだ。

「じつはまだある。君にもあげよう」

響子はもう二枚出して、風呂上がりの音に渡した。

「響子さん、音は友だちも彼女もおらんとよ。二枚もいらんばい」

空豆はふふんと鼻で笑った。

「ひとりで二回行くから」ちょっとムッとして、音はチケットを受け取った。

空豆と爽介の水族館デート当日、響子は上機嫌で大野屋の蕎麦を食べていた。

「えっ！　爽介さんと空豆ちゃんが！」

驚く千春に、響子は空豆の口調を真似して「はいい」とうなずき、大野屋の店内の壁に貼ってある『冬の水族館、魅惑のクラゲ』のポスターを指した。

「結婚に向けて。あれ行ってる、あれ」

「ダイコン買うように、爽介さんは空豆ちゃんと結婚していくのか……」

千春は信じられない思いだった。響子はフフフ、と笑った。

「私の思惑通り。あのボーッとした子には、イノシシくらいがちょうどいい」

爽介は大水槽にはりついて、夢中で魚の群れを追っていた。時折、魚についてのうんちくをひとりごとのようにぶつぶつと言っている。空豆は退屈していた。

「あの……ちいとはドキドキしてくれん？　デートだよ」と、爽介の顔をのぞき込む。

「えっ、そっちはどうなの？」と爽介は返事した。空豆はひとつため息をついて、本音を口に出した。

「難しか。歳違いすぎるけんね」

ふたりはひと回り以上離れている。そのせいかはわからないが、たしかに空豆もドキドキはしていない。

「失礼じゃない？　そっちがプロポーズしたんでしょ？」

爽介はしょうがないなあ、と、大人の余裕で笑っている。

「そじゃった」空豆も笑った。

「すごかね～。あ、あの、ヒラヒラしたのきれか！」

空豆が水槽の中を指さすと「これミズクラゲっていうんだ」と爽介が教えてくれた。

「詳しかね」尊敬のまなざしを向ける空豆に、

「今、そこ、読んだ」爽介は説明書きを指す。

「ずるか」空豆は笑い、今度はまた別の魚を見つけて声を上げた。

「まっこつきれ～！　ドレスのごたるね!!」

優雅に泳ぐ色とりどりの魚を、空豆はうっとりと見つめていた。あっちへ、こっちへと魚たちを目で追っているそのとき、信じられないものが目に入ってきた。

音だ。髪の長い美しい女性を連れて来ていた。

「これ、飲んだよね。捨ててくる」爽介が空豆に声をかけて、空になった紙コップを捨てに行った。

〝ひとりで二回見に行くんやなかったと？〟空豆はなぜか、ショックを受けていた。

音は、水族館の館内をきょろきょろと見回しながら歩いていた。なんだろう。この後ろめたさは、と感じながら。

沢寺菜々子――と、彼女が自己紹介した――に声をかけられて、ハッとする。

「誰か、捜してる？」と菜々子に指摘されて、

「え、そんなことないよ」と音は慌ててごまかし、お茶でもしよう、とカフェに入った。

「なんか、ごめんね。無理やり誘っちゃって」

菜々子は申し訳なさそうに言った。あの夜の電話で、もしよかったら会ってもらえないか、と音に言ったのだ。

「でも、まさか、水族館とかに連れてってもらえるとは思わなかった」

「いや。ちょうどチケットあったから」

「行ってみたかったの、あそこ。サンシャイン水族館。でも、そんなこといきなり言うなんて、強引な女だよね」

「かな？」音は苦笑いだ。

「そもそも、強引だったよね」

「びっくり……したけど」音はまだ、警戒していた。

「ありがとう。今日、つきあってくれた。ありがとう」

「いや……」

モゴモゴ言っている音の向かい側で、彼女はスープのカップを口に持っていった。

「熱つっ！」声を上げた彼女と目を合わせ、音も笑った。


水族館の帰り道、ご飯でも食べようと、空豆は爽介と並んで歩いていた。

爽介のスマホが鳴って、「あ、ごめん。ちょっと仕事」と爽介は少し離れたところで電話に出て英語で話し始めた。

空豆は通り沿いの店をのぞいたりしながら、ゆっくりと小道を歩いていた。

ふと目を留めたブティックは、タイムスリップしたような古めかしい佇まいだった。ショーウインドウには世にも美しいドレスが飾ってある。白のチュールに、繊細なリーフ模様の刺繍を施してある、細身のデザインのドレスだ。

「なんね……これ。なんねこれ……！　わっぜ美しか！」

空豆は立ち止まって、ドレスに見入っていた。

「ごめん、空豆ちゃん。仕事の電話でさ……」爽介が戻ってきた。

「爽介さん、見て。クラゲもきれいやったけど、これは、すごか〜!!　おい、こげんもん見たことなか。東京すごいっちゃね」興奮気味に空豆が言う。

「ちょっと待って」と、爽介がブティックに入って行こうとする。

「何考えようすと?」空豆は爽介の腕を引っ張った。

「や、空豆ちゃん、似合いそうだなって」

「……爽介さん。見んね」

空豆はドレスの下にある価格プレートを指した。

「いちじゅうひゃくせんまん……」

「百二十万ったい」

起業家で高級外車を駆る爽介でさえも言葉を失っていた。


爽介と空豆は、レストランで遅めのランチを食べていた。

「これから、仕事と?　大変っちゃね」

「あれ、ホッとした?　残念だった?」

爽介が指摘すると、空豆は、しばらく黙った。

「ごめん、試すようなこと言ったかな」

「どっちやろう、ち思った」

「空豆ちゃん……思ったまま言うなあ。あのさ、さほど楽しくなかったとしても、今日は楽しかったね。楽しかったよ。また誘ってね。ってのが、デートのマナーっていうか」

「おいは、なるべく思わんことは言わんようにしようち、思っちょる」

空豆は、日ごろから心がけていることを口にした。

「ウソついとると、自分の心ば繕っとると、何が本当のことか、わからんようになってしまう気がすっとよ」

「だけど……それには、勇気がいってさ。歳取れば取るほど勇気がいってさ。子どものころはみんな思ったまま、走るでしょ。でも、いきなり走り出す大人がいないのと同じで」

爽介は言った。本心だった。

「おいはたまに、走りてーっちなっていきなり走ると！　東京は狭かけど、んにゃ、広かけど狭うて、おいは、おいが住んどる霧島連山のふもとで、いきなり、駆け出すことのあるとよ。山に向かって走り出すと。霧島ん山が、おいを抱きとめるような気のするったい」

空豆は故郷の色鮮やかな自然に思いをはせて、目を輝かせた。

「なんか目に浮かぶ」爽介は遠くを見た。なぜか目がうるうるしてしまう。

「そうけ？」最後の「け」は小さな声になった。

「おいの住んどるとこ、見る？」空豆はスマホの写真フォルダを見せた。

「へえ～。きれいなとこだね」

「うん。おい、帰りたいかもしれん」

「……空豆ちゃん。全然、文脈関係なくしゃべるね。いっそすごいね。一応、今、僕たち、これ、結婚を前提としたデート……わかった。よし。たまには俺も、いきなり走り出してみようかな」

爽介はポケットから小さな包みを出して、空豆に渡した。それは、ミズクラゲのガラスの指輪だった。

「むぞかね～」ミズクラゲの指輪を、空豆は光に透かしてみた。

「ん？」

「かわいいってことさ」

「よかった。気持ち悪いって言われたかと思ったよ」

「うれしか～、おい、うれしか」

その笑顔の眩しさに、爽介は一瞬、心の奥がチクリと痛んだ。


音は菜々子と公園を歩いていた。

「しゃべんないね、音くん」

「……ボロ出るのこわがってんだよ。しゃれたこと言えないし」

気まずい会話をしていると、音のスマホが着信した。イソベマキだ。ごめん、と断って電話に出る。

『決定！　クライアントの黒川温泉の社長さんが、音くんのが一番いいって。断然いいって！　決定よ！』

「やったあ」あまり抑揚ない声で音は言った。

『あんたもうちょっと、うれしそうに喜べないの？』

「うれしいんですけど。こういうキャラなんで」

でも本当に、心からうれしい。しばらくイソベマキとやりとりをして戻ると、菜々子はベンチに座っていた。

「あれ、なんかいい電話」

「うん。ちょっと、まあ」音もベンチに腰を下ろそうとすると、

「あのね、ちょっと話したいことあって」と菜々子は立ち上がった。

「お金、貸してもらえないかなあ」

「え？」音は耳を疑った。

「母が病気で」

なんだよ、そのとってつけたような理由。そう思いつつ「なんの病気？」と、尋ねた。

「……胃ガン？」

「いくらかかるの？」

「あ……助けてもらえるだけで。出せるだけで」

音は黙っていた。すると、一度ベンチに座っていた彼女はまた立ち上がった。

「なんなら、この後、ホテル行っても」

「だって、ひとめ惚れして、水族館行って、いきなりお金貸してって早すぎるでしょ？」

「あ、だから、ホテル」

「行かないよ」

「……早すぎるのか。お金貸してっていうの」彼女は力が抜けたようにベンチに座った。

つぶやいている彼女の姿を見て音はすっかり呆れ、ため息をついた。

「俺が初めて？」

「ん。なんかいい人そうだったから」

「おかしいと思ったよ。君みたいなきれいな人が俺みたいな」

「ごめん、なさい」

「お母さん病気なんてウソなんでしょ」

音の質問に彼女は答えなかった。そしてしばらく押し黙った後に、口を開いた。

「妹が浪費家で、知らない間にどんどんお金使って、返せなくなっちゃって。それ、代わりに返さないとって……なんて、今さらなに言っても、ウソって思うよね。いい。もうやめる」

あれこれ言い訳をしていたけれど、彼女は最後に「ごめんなさい」と頭を下げた。それをいいきっかけとばかりに、「もう、用ないよね」と音は立ち上がり、歩き出した。まったく、なんという虚しい一日だ。

「あ、あの！」彼女は音を呼び止めて言った。

「……水族館楽しかった」

「……こっちも楽しかったよ。これ聞くまでは」

「あの」彼女はしつこく音を引き留めた。

「また電話していいかな？　なにかあったら友だちとして」

「なに言ってんの？　人騙したくせに」

　彼女はうつむいていた。

「どうしても、人の声聞きたいときあって。いのちの電話とか、なかなかつながらなくて。……でも、死にたくなるときとか、ない？」と切実な表情で彼女は言った。その言葉は真実のような気がした。

「……いいよ、電話して。出られたら出る」音がそう言うと、彼女は驚いて、そして少し笑顔になった。

「あの、海野音さん。私も本当の名前言っていいですか？　沢寺菜々子って偽名です。セイラって言います。菅野《かんの》セイラ」

「いい名前じゃん」率直にそう思った。


　帰宅した音が玄関を開けると、空豆が待ちかねたように飛び出してきた。

「お帰りお帰りお帰りお帰り！　おい、プロポーズされたとよ！　爽介さんにプロポーズされたとよ」

「え、はや。どんな感じに？」音は驚くでもなく、いつもより低いテンションで言った。

「見てくんない⁉　これ、これ」空豆は指にはめたミズクラゲの指輪を音に見せた。

「え、それが婚約指輪？　しょぼくない？」

音の言葉に、空豆はその辺のタオルをつかんで、ビシッと音の顔に当てた。

「いってえなっ、サル！　そっちは機嫌いいかもしれないけど、こっちは悪いの」

「そっちの機嫌は知らんとよ。こっちはこっちの機嫌で生きるばい！」

口ゲンカしたまま、ふたりは廊下を通って、茶の間に入った。

「式場ば選んどると。音も見んね！　ウエディングドレスも選んどると」

空豆はぶあつい結婚準備雑誌をしこたま買い込んでいた。

「え、ウエディングドレスは、使い回しでよくね？」

空豆の実家には翔太との結婚式で着るはずだったドレスがあるはず、と音は思ったが、

「んにゃ。いかん。新郎の年齢が違えば、こっちも合わせにゃいかん。大人っぽく決めよう思っちょる。これでん、おい、大人っぽく決めりゃあ、アン・ハサウェイのごたるけんね」

「アン・ハサウェイに謝れ！　失礼な。俺はちょっとファンや」

「あ……」空豆は思い出して、言った。「音、今日、女の人とおったよね？」

「え、ああ。空豆もデート、水族館だったんだ」けっこう動揺していたが、感情が出ない話し方なので悟られなかった。空豆は、あの人は誰かと聞いてくる。

「詐欺師」

「は？」

「詐欺師。おいは騙されたばい」

もう笑い飛ばすしかない。音はおどけた口調で言った。

食卓で音はインスタントラーメンを作って食べながら、隣に座っている空豆に、今日のセイラとのいきさつを話した。

「じゃっどん、電話していいか聞いたと?」

一緒に食べていた空豆が、自分のラーメンを差し出した。音がラーメンに胡椒をかけているのを見て、自分のにもかけてくれ、ということらしい。

「うん」音は空豆のカップラーメンに、胡椒をかけてやった。

「死にたくなるときあると?」

「うん」

「友だちおらんと」

「うん」

「そやね……。でも、待って。そん人、本当に、死にたくなるとき、あるっちゃないやろか」

「いや、だから、今、そう言ったよね? 俺」

「そいで、音に電話してもいいか? て聞いたっちゃろ?」

「そうだよ」

「それ、おいに話してよか話と?」

「どういうこと？」

「おいに話しちゃいかん、話やないと？　ふたりの秘密やなかと？」

「や、そういうことじゃないんだよなあ。俺を求めてるっていうよりは、誰か人を求めてる。いのちの電話、的な」

「ふうん……」空豆は、じっと考えていた。なにか、心のどこかに触れたように。


音と空豆は、庭に出て焚き火台に火を点けて、缶ビールを飲んだ。

「……でもさ。翔太さんはいいの？　あんなに好きだったじゃん」

音が問いかけると、空豆は、うつむいてしまった。テンションがみるみる下がる。

「おいは捨てられた人間と。拾ってくれる人がおりゃあ、それだけでうれしか。はよう不幸から逃げたいがよ」

「……そうか。結婚、おめでとう」

ふたりは乾杯した。笑顔にはなりきれなかった。

しばらく飲んで、音は仕事をするために部屋に戻った。でもなんだか、やる気にならなくて、ふう、と、ため息をつくと、ベッドに倒れ込んだ。ふと見ると、ベッドの横の台にセイラがくれた連絡先のメモが置いてあった。音は手に取り、くしゃっと丸めた。


響子は仕事帰りの爽介を大野屋に呼び、向かい合って蕎麦焼酎を飲んでいた。ヒロシが鴨鍋を持ってくる。

「うわ、うまそ」爽介が声を上げた。

「ニューヨークじゃ、なかなかねえ」ヒロシが自慢げに言う。メニューには載っていないが、久しぶりに帰国した爽介のためにこしらえたものだ。爽介は頭を下げた。

「じゃ、そろそろ本題へ」響子は爽介をギロリと見た。響子のその言葉を合図に、ヒロシと千春が椅子ごとズズズイッとやってきた。

「爽介さん、これこれ」千春が店に貼ってある水族館のポスターを指した。

空豆とのデートはどうだったのか、三人ともなぜだか空豆には聞けないようだ。

が、そのときタイミングよく爽介のスマホが鳴って、爽介は画面をチラッと見て立ち上がり、そして少し離れたところで英語で話し出す。その話し方が、どんどん厳しくなっていった。早口でまくしたてて怒っていたかと思うと、今度はなだめすかすような口調になる。響子は何かを察したのか、立ち上がった。

「gosh……」爽介はため息をついて電話を切り、席に戻ろうと振り返る。そこに響子が仁王立ちになって待ち構えていた。爽介はハッと表情を変えた。

「あは。また仕事の電話……」

「女だね？　ニューヨークの女だろ」響子は確信していた。「私は、英語は全くわからない。でも、あなたが今、なんの話をしてたか、わかる。母のカンでわかる。別れ話がこじれてる」響子の厳しい視線から逃れることができず、爽介は頭をかきむしった。

「音くん、音くん、朝です」

寝ていた音は、響子にいきなりふとんを引っぱがされた。

「なんですか？　まだ、六時じゃないっすか？」再び寝ようとしたけれど、思い直した。

「えっ、どっか具合悪いとか？」

「……具合は悪くない。ちょっと、話がある」

響子は昨夜の蕎麦屋での話をかいつまんで音に話した。

「っていうことは、爽介さん、ニューヨークに彼女がいるってことですか？」

寝起きで髪もボサボサだが、回らない頭で、音は響子の話を整理した。

「いや、彼女がいた。過去形。でも、別れられてない。彼女はストーカー化している」

「……じゃ、どうしてダイコン買うように結婚したいなんて」

「日本から嫁を連れていけば、メアリーが納得して別れてくれるんじゃないか、と思った」と言ってから「あ、空豆、この時間起きてくることないよね？」響子は声を潜めた。

「ないです。あいつ、朝六時に起きるなんてありえないと思います」音は断言した。

「話の続き、なんだっけ。メアリー。私は爽介にこう言ったの」


昨夜、大野屋で〆の蕎麦を食べながら、響子はさっと爽介の前に置いてあったスマホを取った。そしてすかさず着信を見ると、ＭａｒｙＭａｒｙＭａｒｙ……画面はすべてＭ aryだったのだ。

「メアリーの着信だらけ。しかも黒い。電話出ている。私は予言する！　あんたはメアリーと別れられない！　空豆ちゃんニューヨーク連れてったら、三つ巴の泥沼になる」

母親の正確な分析に、爽介はうつむいてしまった。


「あいつは答えなかった。黙ってしまった」響子は首を振った。

「あの～。人の息子さんディスるようでなんですが、なんで電話出るんですかね？」

「でしょ？　でしょでしょでしょ？　あの子は、昔っからそうなのよ。捨てられないのよ」

響子がヒートアップしてくると、話が長くなる。音は「で、僕に話とは？」と、素早く口をはさんだ。

「こっからが、ホラーよ。うちに帰ってきたら、英会話の本とゼクシィが置いてあるじゃない？」

「あ、空豆、結婚する気満々ですよ」

音が言うと、響子は痛切な表情で訴えた。

「やめてあげて。やめさせてあげて」

「だって、プロポーズされたって」

「プロポーズ……？」

「指輪、買ってもらって喜んでましたよ」

「ああ、ミズクラゲの指輪、なんか、ミズクラゲが気に入ったようで買ってあげたって言ってたけど、なんでそれがプロポーズになるの?」

それは……。音は、指輪を追って橋の上から川に飛び込もうとする空豆を思い出した。

「あ……僕の類推ですが、空豆は、生まれてこのかた、翔太くんとしかつきあったことがなく、その原体験の中で、指輪をもらう、イコールプロポーズという深い刷り込みがあったのでは」

「やっすいおもちゃみたいな指輪でも?」

「なおさら、それが、こう……ピュア度を増すっていうか」

音が言うと、響子は暗い顔になった。でもスウッと息を吸って気分を落ち着けると、パンッと音の肩を叩いて、にやっと笑った。

「頼むわ。ここは、ひとつ、あんたから、空豆ちゃんを傷つけないように、自然に、爽介から気持ちが離れるように、結婚する気をなくすように。頼んだわ」

なんてこった。まだ早い時間だったが、完全に目が覚めた。

響子は庭で洗濯物を干していた。台所では音が空豆と朝ご飯の準備をしていた。

「マイネームイズ、ソラマメ。アイ、ライクシャケ、シャケ、なんじゃ、あっ、アイライクサーモン!」

そんな拙《つたな》い英語を話しながら皿を並べている空豆が痛々しい。音はおそるおそる「あのさ」と切り出した。

「あのさ、いまから英語覚えるのってやっぱ大変じゃない？　こういう和食も食べられなくなるかもしれないし、あとさ、年齢差もけっこうあるじゃん。結婚は、どうかなあ……」

音の話の持っていきかたがもどかしい。「ヘタ……」響子はシーツの陰から茶の間をのぞきながら、顔をしかめた。

最初は意味がわからなかったのか、空豆はキョトンとしていた。けれどニヤリと笑って音を見る。

「妬《や》いちょっと？　おいと結婚したかったとね？」

「誰がじゃっ」

音はその辺に積んであった、お手玉の山の中のひとつを空豆に投げた。だが運動神経抜群の空豆は手に持っていたお盆でガードした。

「やるとね？」作りたての朝食に害が及ばないように「せーの」とふたりでコタツを持ち上げて端に移動し、戦う態勢を整えた。ふたりが投げ合うお手玉が茶の間に飛び交った。

「あああ。もう、朝からやめて」

見かねた響子が庭から上がってきたところに、空豆のスマホが鳴った。

「爽介？」「爽介さん？」響子と音は同時に声を上げた。

「ばーちゃんや」空豆は電話に出た。

空豆は、たまえが一方的にしゃべり出そうとする気配を感じ、先手を取られないよう一気にまくしたてた。

「わあ、怒らんで怒らんで！　ようわかっとる。ばーちゃんの気持ちはようわかっとるけん！　なんも心配することなか！　おい、結婚話、ちゃくちゃくと進んじょる！ばーちゃんにエレベーターもちゃんと買うてあげられるばい！」

『あんたは、そん新しい男ん人に、おいのエレベーター代ば払わせる気かね？』

たまえの問いかけに、空豆は黙り込んだ。

『見苦しか！　男ん人の懐あてんして結婚していくなんて、さもしいが！　おいは、そげんにはんを育てた覚えはないがよ！　あんたん、かーちゃんに申し訳なか！』

たまえが空豆を怒鳴りつけるのが、響子や音にも聞こえてくる。

「は？　おいのこと捨てたかーちゃんの味方しよらすか!?」

〝捨てたかーちゃん？〟　空豆の言葉に、響子と音は顔を見合わせた。

『捨てたっちゅうても、ドブに捨てたわけやないがや！』

「トイレ行って帰って来よらんかった」

『のりこが一緒におったがね』

「急に自分の娘の肩持ちよらす」

空豆は、母をかばう祖母にイラッとする。

『いいけん、帰って来んね！　翔太に振られたっちゃけん、帰って来んね！』

「今、胸の突き刺されたごたあ」

『だいたい、あんたお金はどうしたと？　今どこに泊まっとっと？　パパ活やっとるんやなかやろね？』

「はあ⁉　パパ活⁉　おいが……おいが……そげん器用なことできると思うとね⁉」

「パパ活って器用なの？」音は響子を見た。

「空豆ちゃん、替わる。おばーさま、心配してらっしゃる」

響子は空豆に向かって手を出した。空豆は素直にスマホを渡した。

「おいがパパ活しとると疑われたと……信用なかと……」

空豆はショックを受けてうちひしがれていた。

「あ、ワタクシ、雪平響子と申しまして、空豆さんの大家でございます」

響子はたまえに向かって話し出した。

「空豆さんは、ちゃんと家賃を払い、ウチに住んでおります。近所のお蕎麦屋さんで、東京都の最低賃金で働いております。時給、一〇七二円」

『そげなことでございましたか？　孫がお世話になりまして』たまえは恐縮している。

「空豆ちゃんも、いろいろあられまして、しばらく、大目に見てくださいませんか？　空豆ちゃんの気持ちの整理がついたら、無事そちらに送り出そうと。はい、ご安心ください。はい、では失礼します」響子は丁寧に言い、通話を終えた。

「おい、結婚するんやないと？　爽介さんと結婚してニューヨーク行くんやないと？」

空豆の純粋な問いかけに、響子と音は言葉を失い、顔を見合わせていた。

爽介に呼び出された空豆は、川沿いの公園に来ていた。ふたり並んで手すりにもたれかかる。

「ごめん……なさい」

爽介は空豆に、深々と頭を下げていた。

「今日も、メアリーと話したんだけど、別れてくれそうにない」

「……いいがよ。おいも、エレベーターの代金三百万出してほしかっただけったい」

「僕も、メアリーを納得させるために、奥さん連れて帰りたかった」

「両方とも、つまらん目的のためじゃ。純粋な結婚やなかと。純粋な付き合いでも、なかと」

空豆はやけになって言葉を紡いだ。

「純粋なデートでもなかったか」

「この前の水族館？」思わず、爽介の顔を見てしまう。

「そのわりには、楽しすぎた」爽介の反応を聞いて、空豆はぎゅっと腕をつねってやった。

「え、イタ、イタタタ……」

「別れるときに、そういうこと言う男は好かん。今のが、私たちの唯一のスキンシップたい」

冬空の下、空豆は自分の気持ちを無理やり吹っ切るように、笑った。

都内の一流ホテルの一室では、数年ぶりにパリから帰国したデザイナー、浅葱塔子《あさぎとうこ》のインタビューが行われていた。たくさんの報道陣のフラッシュが焚かれる中、塔子は自らがデザインしたドレスを着て、カメラ向けの笑顔を作っていた。

「今回、浅葱先生のブランド、コルザが、日本人で初めてＣＦＷアワードでデザイナー・オブ・ザ・イヤーをおとりになって、誠におめでとうございます」女性記者が言う。

「いえ」塔子はクールなイメージそのまま、言葉少なに返した。

「今、お召しになっているドレスも、今シーズンのパリコレで評判になったコルザのドレスですよね。よくお似合いです」

塔子は口角を上げ、不機嫌スレスレの笑みを浮かべた。

「あの、デザインについていつも心がけてらっしゃることはありますか？」

「カン？」

「……カン……」女性記者はメモしようもなく、戸惑っている。

「先生、かねさか、取れました。寿司」そのとき、アシスタントのひとりが塔子に耳打ちをした。そのひと言で長時間のフライトの疲れも癒え、塔子は機嫌を直した。

「長年のカンといいますか、カンというほど乱暴なものでもないですね。経験に基づくカン。時代の気配を読み取る力。そしてなにより自分の中から湧き上がってくるもの」

いきなり饒舌《じょうぜつ》になった塔子に、近くにいた女性誌の編集者がうっとりと「素敵です」と言う。そして「あ、あの、こちら女性誌なので少しプライベートも。ご家族は持たれないまま、ずっといらっしゃったと聞いています。寂しさはないんでしょうか?」と質問した。

「……私、一度結婚してますよ」

塔子が言うと、先ほどのアシスタントが「すみません。プライベートはご容赦いただいております」とすかさず制した。

空豆と爽介は午後の公園を歩いていた。

「でもさあ、空豆ちゃん、音くん、水族館で見つけたときさ、この世の終わりみたいな顔してたよね」

爽介に言われ、音が美しい女性と歩いているのを見かけた瞬間を思い出した。

「見とったと?」

空豆はちょっと焦った。

「言わんよ。そいは言わんよ」

空豆はひとりごとのようにつぶやいた。

茶の間で音が響子にお手玉を習っていると、空豆が意気消沈した様子で帰ってきた。

「おっ、お帰り」響子はあえて明るく返した。

「お手玉やっちょったと!?」空豆はパッと顔を輝かせた。

「え、おまえできるの?」

「ばーちゃんに教えてもらいよったけんね」

「おっ、じゃ、レクチャー交替。私は、お風呂に入る。あ、そうそう、これおばあさまから」

響子は空豆に郵便を渡した。空豆はすぐに封を開けた。

「チケットじゃ……飛行機の」


空豆は畳の上を歩きながらお手玉をホイホイと投げていた。

「さすが、サル」音が言った途端に、空豆はミスってお手玉を落とした。

「おいは、ばーちゃん子じゃけ」

コーヒーを淹れていた音は「はい」と空豆にマグカップを渡し、自分はコタツに入った。

「……お母さんは?」

音はなんの感情も込めず、いつものフラットな口調で聞いた。空豆は音の後ろに座っていて、顔は見えない。だから聞いてみた。

「捨てられたの?」

こんな聞き方しかできない。音は自分でもどうかと思うが、ほかにどうしようもない。

「そげん、なんともなく、そのこと、おいに聞いた人は、あんたが初めてじゃ」

「いや、この前、電話で言ってたから」

「そうや……」と言ったきり、空豆は続きの言葉が出てこない。

「今はまだ言いたくないと。じゃっどん、いつか言う気のするったい。音には」

「ん。いつでも……言わなくても……。どっちでも」

「爽介さん、再来週、ニューヨーク帰るって」

空豆はふうっとため息をついた。そして、何も気にしていないような口調で続けた。

「はあ〜、また、ばーちゃんにエスカレーター、買ってあげそこなったたい」

「エレベーターじゃない？」

「……ハハハ。時々、どっちがどっちかわからんようんなる」空豆は笑った。

「空豆さ、自分で買ってあげればいいじゃない？」音は振り返って言った。

「自分でさ、稼いで」

「まさかあ。大野屋で働いて何年かかるかわからん。ばーちゃん、死んでしまうかもしれんが」

「そもそも、二階に上る必要あるの？」

「二階からは、ばーちゃんの好きな、霧島連山のよう見える」

何気ない言葉から空豆の優しさが伝わってきて、音は黙った。

「帰るしかなかとやね。ばーちゃん、待っとっと……」

空豆の言葉を聞き、音はコタツの上の九州行きのチケットを見た。

「……ね、面白いもの見せようか？」

音は空豆を誘って自分の部屋に行き、パソコンの映像を流した。美しい夕暮れの山の景色にメロディをつけたものだ。

「あっ、この曲」

「そう、空豆が助けてくれたメロディ」

あのときスマホが噴水に落ちていたら、消えていた曲だ。救ってくれたのは空豆だった。

「黒川温泉のＣＭソングに決まったんだ」

「ほんとね？」

「うん」

「おい感動してしまった。音はすごかね。自分の世界があると。これを、大勢の人が見るとやろ？　聴くとやろ？」

「地方局だから、知れてると思うけど」

「音には、心湧き立つもんがあるとやね。自分の中から込み上げるものがあるとやね。そいで、人の心動かすとね。お金も稼ぐっちゃろ」

空豆は気持ちを高ぶらせていた。いつもイソベマキから、心がない、感情が薄いと言われ続けている音としては照れくさい。

「まあ……ちょっとだけどね」

「おいは情けなか。翔太と結婚ばして、爽介さんと結婚ばして、幸せにしてもらうことばっか、考えとった……。さもしか」

「空豆には、ないの？　なんか、心湧き立つもの」

音が尋ねると、空豆はじっと考えた。そして「ある」と、顔を上げた。

「え？」

「見せたか～。音にも見せたかと‼」

空豆の顔は輝いていた。


空豆は、昼間に爽介と通った道を早足で歩いた。

「こっちこっち」曲がってみたけれど、あの店は見当たらない。

「あれえ」空豆は首をひねった。昼間と夜だと街の感じがちょっと違う。

「こんなとこにあるか？」別の通りのほうに歩いて行こうとした音を、空豆は引き止めた。

「あったが……！　あっちじゃ」

店のショーウインドウはライトアップされていた。淡い色の灯りが、アンティークっぽいドレスの美しさを引きたてている。

「すっご！」音も感動し、目を見開いている。

「なー、わっぜきれか。何時間でも見てられる」

あたりが暗い中、そこだけ輝いていて、さらに美しい。空豆はとろけるような目で、ドレスを見つめていた。

「九州帰る前に、もう一度見たかったとよ」

「帰んの？」

空豆を見ずに音は言った。

「え……そりゃあ」

「……帰るなよ」

音は空豆を見て、はっきりと告げた。

「え？」

空豆は、そんな音の横顔を凝視した。

「いろよ」

ようやく音も、空豆を見た。

ショーウインドウの灯りが、見つめ合うふたりを照らし出していた。

ふたりだけに、スポットライトが当たっているみたいだった。胸がドキドキと、高鳴っていた。キスの気配に満ちていた。空豆が目を閉じようとしたそのとき……。

「ほらほら、ダメよ」

近くで声がして、ハッとした。ふたりのほうに寄って来ようとする犬を、散歩中の女性がなだめながら通り過ぎていく。ふたりは気まずくなって、どちらからともなく離れた。

4

「今のは……」しばらく考え込んでいた空豆が先に口を開いた。

「や、今さっきのは……『いろよ』って……愛の告白と？」

問いかけながら、空豆は頬が赤くなるのがわかった。

「は？」音は素っ頓狂な声を上げた。

「おいと結婚すると⁉　今、おいにキスしようとしたっちゃね」

空豆はテンションが上がり、音にグイッと迫った。

「はっ。してないしてないしてない」

音はブルブルと首を横に振る。

「違うけ?」

「おまえ、すげーな。てか、さっきさ、さっき俺の曲聴きながら、他力本願さもしいって言ったばっかやんね。あ、関西弁出てもうた」

「音、関西だもんね」

「その舌の根も乾かないうちに、なんで、結婚の話になんの!? 自分で稼ぐって話でしょ」

「だはーーーーっっっ。おいは音にも振られるとか。世も末じゃ」

空豆は、この世の終わりとばかりに空を仰いだ。

「んー、ちょっと待って。どういう意味かな」音が眉根を寄せ、空豆を見る。

「翔太に振られて爽介さんに振られて、挙句に、音にまで」

「人をヒエラルキーの最下層みたいに言うな!」

言い合いをしていると、ショーウインドウのライティングが落ちた。音は腕時計を見た。

「十二時だ」

空豆は真っ暗なショーウインドウに近づいて行き、目を凝らした。音はそんな空豆を見つめていた。


ふたりが帰宅したのは明け方だった。響子は怒っていることを示すべく、わざと乱暴な仕草で朝食の納豆をかき混ぜていた。空豆は「頭の痛か」と、二日酔いの頭を抱えている。

「若い女の子が二日酔いになるまで飲むんじゃないの! 大切なお嬢さんをお預かりして

るんだから」

「勢いで漁民《ぎょたみ》行って、二軒目酒場行って、あ、居酒屋チェーン店です。で、そのまま歩いて代官山から……」音は昨夜のふたりで巡った店を思い出していた。

「歩いて!! すごいね。若いわ」

響子は呆れて、ンッと咳払いをし「とにかく、仲よきことは美しきかな、だけど、セックスは禁止だから」と釘を刺す。

「え?」ふたりは声を揃えた。

「今あたしすごいことを? とにかく、そういうのはやめていただきたい」と響子に繰り返し言われ、

「あ、そういうことはないです」

「あ、そがんことはなかとじゃ」

言葉こそ違うが、ふたりは同時に否定して、同時に言い終わった。

「響子さん、こいはキスさえようしよらん」

「黙れ、空豆」

「まあいい」響子は食卓の上にあるエアーチケットを手に取った。

「宮崎に帰すまで私はあんたを、ちゃんと預からなければならない。たまえさんと約束した。ったく、チケット放り出して出かけて」

「おいは、帰りとうなか! 帰ったら、そんで終わる。今、帰ったらここで終わる気のす

るったい。役場も寿退社してしもうて、働き口もなかと。おい、けっこうむぞかけん、猫かぶって見合いばして、つまらん男と結婚して人生終わってしまうが」

嘆く空豆に、響子は「充分でしょ」とつれない。

「おいは、自分で稼ぎたか！　音みたいに自分で稼ぎたか！　そいでばーちゃんに三百万のエレベーター、自分で買ってやるとよ！　人生一度きりとよ！　おいは、この東京で、なんか見つけるったい！」

空豆はチケットを手に取り、破ろうとした。

「わ、あんたなにする!?　やめろ、たまえさんが……奮発した……エアーチケ」

響子がひったくろうとしたが、空豆は手をはなさない。そしてビリビリと引き裂いた。

「うっそ……。ちょっと、これ貼ったら使えんの？　どうなの？」

はあはあと肩で息をしながら、響子は慌ててチケットの断片を集めている。

「ググりますか？」音はスマホを取り出したが、興奮した空豆は、音の手からスマホを取り上げようと暴れていた。


浅葱塔子は、表参道に新しくできるコルザの店舗を視察していた。

「先生、今日パリに、お帰りでしたよね。忙しいところ、ありがとうございました」

出入り口まで送ってきたスタッフが、丁寧に頭を下げた。

「素敵なお店になりそうでよかったわ」

塔子はアシスタントの男性と女性に囲まれながら、ビルを出た。少し外の空気を吸いたいと、街を歩いていた塔子は、一流ブランド店のショーウインドウに、目を留めた。

「新作ですね」アシスタントの女性が言う。

「……あなた、いくつ？」塔子はその赤いドレスを見つめながら尋ねた。

「え？　二十五ですが」

「そう。似合いそう」

「あ、ご自分用ではなく？」

「まさか、私には若いわよ」薄く笑いながら、塔子は歩き出した。

「どなたかに？」

「もうすぐ誕生日なの」

「でも、あの服、春夏ですよ？」

「そのころがね」

塔子はそれ以上、その話はしなかった。


大野屋で千春が空豆に厳しいことを告げていた。

「空豆ちゃん。はっきり言う。蕎麦屋、向かないと思う。注文間違えるし、コップ倒すし」

それに、と、千春は多少迷っていたが、続けて言った。

「味オンチでしょ？」

「気づいとったと!?　おいは、ここの蕎麦も美味しいと思うが、コンビニのチンするかきあげ蕎麦と、どっちがどうじゃ言われるとじつはようわからん」空豆は正直に言った。

「ねえ、好きなこと、やったほうがいいよ」

今朝、空豆は出勤早々、大野屋をのれん分けさせてほしいとヒロシに頼んだ。そしてその資金に三百万円、前借りしたいと頼み込んだ。

「おいは自分で稼ぎたい」空豆は決心をはっきり伝えたが、ヒロシは逆に発する言葉を失っていた。そんなヒロシを見かねて、千春がこうしてはっきり言ってくれているのだ。

「好きなこと」空豆は千春に言われた言葉を繰り返した。

「空豆ちゃんみたいな人は特に。自分にウソつけないじゃん」


空豆がアルバイトを終えて、大野屋を出ると、街はもう暗くなり始めていた。好きなこと……空豆は千春に言われたことを考えながら、ひとめぼれした美しいドレスが飾ってあるショーウインドウの前で、ぼんやりとドレスを見ていた。店内では男性店員が電話中だったが、通話をしながら顔をあげ、外の空豆に気づいた。店員はおいでおいで、と、手招きをしてくる。

私？　身ぶり手ぶりで尋ねてみると、店員がそうだとうなずいた。

「何度か見に来てたでしょ、このドレス」

「気づいとったと？　この前、夜来たったたい。ほしたら、十二時で灯が消えたと」

「そういうしかけ」店員は得意げに笑った。

「シンデレラのドレスったい」

「そう、王子様が迎えにくるのよ」

店員はショーウインドウの鍵を開け、トルソーからドレスを脱がそうと手をかけた。

「あ、ええんです。ええんです」

空豆は慌てて止めた。

「やだ、あなたに見せるために脱がせてるわけじゃないわよ。売れたの」

「そうとね～。もう見れんようになってしまうったいね」

残念がる空豆を、店員は招き入れてくれた。

「はい、どうぞ。あ、触っちゃだめよ」

店員はドレスをハンガーにかけて、空豆に見せてくれた。

「きれいかあ～。この刺繍とか、わっぜすごか～。これ着てどこ行くと？」

「あなたの行きたいところ、どこにでも。私は、それが女の人のドレスアップと思う。このドレスを着たら、どこへでも行ける気がしない？　ファッションは女性を自由にするの」

「素敵じゃ」

「ね、オスカー デラ レンタ」店員はドレスに向かって声をかけた。

「オスカー……？」

「オスカー デラ レンタ。ブランドの名前よ」

「オスカーデラレンタ。名前まで素敵じゃ」

「着てみる？」店員はひそひそ話をするように、言った。あまりに意外な申し出に空豆が動揺していると、「内緒で着てみない？　まだ、ウチの店のものよ」とウインクをし、ドレスを空豆に渡した。

「どおお？」と、試着室の外から店員が声をかけてくる。

「ちょっと大きいかもしれんが」空豆は、カーテンを開けた。

「あらあ」店員は感嘆の声を上げた。

空豆が改めて鏡を見ると、自分ではないような、ドレスアップした美しい女性がそこにいた。


「そいで、おい、言ったと。雇ってもらえんかねえって？」

興奮気味の空豆は、出かける支度をしている音に、くっついて回っていた。

きれい、似合ってる、と店員に絶賛され、空豆はこの店で働きたいと申し出た。でも店員は、こんな小さな店なんで猫の手もいらないと、あっさり断った。そして、自分が知っているファッションブランドはしまむらとユニクロだけと答えた空豆に、店員は「じゃ、私、書いたげる」とメモをくれた。

空豆はそのメモを音に見せた。

「なんかいろいろ名前書いてくれたとよ……いぜたん？」

「伊勢丹、バーニーズ……、ドーバー ストリート マーケット、ミッドタウン。ああ、商業施設の名前だよ。きっといかした服がいっぱいあるんだよ」

「イカシタ………死語じゃ。音もおしゃれせんもんねえ」

「どこがだよ！　ハイブランドじゃないけどストリート系おしゃれファッションなの」と音は反論した。

「悪いけど、俺、これから出かけるから」

「ええ話と？」空豆が尋ねると、音がピクリとした。

「なんで……わかる？」

「ええ匂いがする」

「なにその、野性的な感じ……」

音は鼻をきかせている空豆を凝視した。


マルニ、ステラ マッカートニー、ディオール……空豆が店員に書いてもらったメモのブランド名に苦戦しながら、スマホで伊勢丹のフロアマップを見ていると、玄関のチャイムが鳴った。

「あ、はーい！」出て行くと、クリーニングの配達だった。ワンピース、ブラウス、パンツ……けっこう大量の服だ。

空豆は響子がクローゼットのように使っている部屋の長押《なげし》に、受け取った服をかけていった。一着とても素敵なデザインのワンピースがある。なんとなく気になって、空豆はブランドタグを見てみた。

「オスカー……えっ、オスカー　デ　ラ　レンタ!?」

空豆はオスカー　デ　ラ　レンタのワンピースをビニール袋から出し、床に広げてじっと見つめた。肩の縫い目、袖の下の縫い目……とチェックしていく。そして、なにかにとりつかれた様にハサミを持ち出し、縫製の糸を切っていった。


イソベマキに呼び出された音は、ユニバースレコードのラウンジに座っていた。バニーガールの耳をつけたイソベマキがいきなり現れ、デビューのお祝いだと言ってクラッカーを鳴らした。音はいつもの低めのテンションで、とりあえず気持ちだけ、ありがたく受け取った。そして、あっさりと仕事モードに戻ったイソベマキは、会議室に音を連れて行き、曲をかけた。

「ね、いいでしょ?」

「いいでしょっていうか、俺が、一昨日送った曲ですよね?」

「そう。私、聴いたとたんすごーくいいと思ったの。これは、いける」

「そうですか?」いつも怒られてばかりなので、あえて淡々とした言い方をしてしまったけれど、正直、音もすごくうれしい。

「音くん、なにかあった?　ひと皮むけた感じ。恋をしちゃったり、してなかったり、落ちる手前だったり」イソベマキが探るように音を見る。

「いや、ないっす」音は必要以上にきっぱりと否定した。

「ま、いいや。この曲、あまりにいいから、社内で会議にかけた。で、ウチから正式にリリースしようってことになった」

「話、はやっ」うれしい。だけど性格的にこれくらいしか喜びを表せない。

「でね、こっからが相談。この曲、ボカロじゃなく女の子に歌わせてみない？」

「あ、それは実はちょっと思ってて」音が言いかけると、イソベマキはわかってる、という顔つきでうなずき、音の言葉を遮って言った。

「ユニット組むの」

「ユニット」

「そう！　男女のユニット。音くん、顔はいいから」

「顔はってなんですか」

文句を言いつつ、音はイソベマキと「ウィー」とグータッチをした。仕事が前向きに動き出しそうなことに音はワクワクしていた。


雪乃湯に爽介が来ていた。今夜の便でニューヨークに戻るので、響子に会いに来たのだ。まだほかの客の姿はない。響子は風呂上がりの爽介にフルーツ牛乳を渡した。

「……あんた、野菜とかも食べなさいよ」

「いくつだよ」子ども扱いされた爽介は苦笑いだ。

「メアリーは大丈夫なの？」

「善処します」

「……今度はいつ帰ってくんの？」と一番聞きたかったことを尋ねてみる。

「お盆かな」

「そう。じゃっ、あっという間だね。歳取ると時間たつの早くって」

「もう少しがんばったら、東京に帰ってこられると思うし」

「いいわよ。私のことは。自分のことだけ考えてがんばんなさい。いい歳なったらね、親子なんて離れてたほうがいいの。離れてたまに思い出す、くらいがちょうどいいのよ」

響子は爽介のほうを見ずに、強がって言った。

「遠くにいる爽介は大事に思える」

「僕もだよ。かーさん」

爽介は一瞬、チラリと響子を見たけれど、すぐ目を逸らして言った。

宮崎の空豆の実家では、ひとりお茶を飲んでいたたまえが、ふと思いたったように茶箪笥の引き出しを開けた。引き出しの奥のほうに手を突っ込み、ファッション誌『VONO』を久しぶりに取り出す。ページをめくると、娘・塔子がきりりとした笑みを浮かべている。たまえはそのインタビュー記事を無言で見つめていた。たまえから旅立っていった塔子は、〝ずっと遠く〟にいる。

「ただいま〜」

玄関で音の声がした。

「え……」

その声で、空豆は現実に戻り、息を呑んだ。目の前に広がっているのは、バラバラに解体された響子のドレスだ。音は居間に入ってくるなり、ぎょっとした。

「えっ、こ、これ、どうしたの!? これ、響子さんのドレスじゃないの？」

「やってしもうた」いまさらながら、空豆の全身から血の気がサーッと引いていく。

「解体……したの？」

「服っちゅうもんが、どがんに作られとうか、知りとうなった」

「……なんで？」

ふたりはじっとバラバラの服の破片を見つめた。

「音がやったことにせん？」

「なんでじゃっ。……これ、たしか爽介さんが帰って来たときに着てたやつだよね」

音が言う通り、バーベキューの夜、『なごり雪』を歌っておおいに盛り上がったあの日、響子はこのドレスを着ていた。

「あ〜、ここ一番のドレスたいね。オスカー デ ラ レンタやから、百二十万とかするんごたん」

「え……」音も青くなった。そしてふたりは裁縫箱を持ち出し、バラバラにしたドレスを縫い合わせることにした。

「これ……専門の業者に頼んだほうがいいんじゃないの？　だいたい、糸これでいいの？適当に、裁縫箱に入ってた綿の黒糸だよ？　これ、百二十万なんでしょ？」

音は途中で、手を止めた。

「手、動かさんね！　ごたごたいう間に、手動かしなっせ！　響子さん帰って来てしまうが！」

空豆がそう怒鳴った瞬間、ガラガラと玄関の戸が開く音がした。

「ただいま〜」

響子の声を聞き、音はすっと立ち上がった。自室に逃げるつもりだ。空豆は、動物的カンで、反射的に音の上着の裾を持った。

「逃がさん」

「えっっ」

「あ〜、いいお湯だった。私もひとっ風呂浴びて来たのよ〜。爽介が空港行く前に寄ってくれてね〜、そのあと……」響子の声が居間に近づいてきた。

ドレスをコタツの中に隠そうとしている空豆に、音が「あっちのほうがいい」と棚の引き出しを指した。わかった、と空豆はドレスを引き出しに隠した。

「なに隠したの？」

だが響子は目ざとい。

「えっ、なにも」

必死でごまかしたが、響子は空豆が隠したほうへと探りに行った。

「あ、響子さん、あかん。そこにはGが……さっき、巨大な蜘蛛が」

「蜘蛛は縁起がいい」響子はおかまいなしだ。

立ちはだかる空豆をどかして、あっさりドレスを見つけた響子は、それを引っ張りあげた。もはやドレスとは言えない、ドレスの残骸がそこにある。

「……袖と前身頃しかついてないんだけど」

「すんません！　ごめんなすって。おい、どしても服がどう作られとるか知りとうなって。気がついたら……こげん」空豆は土下座した。

「もし、どこかに売っとる服やったら、おい弁償するけえ。オスカー デ ラ レンタ。百二十万」

「オスカー デラ レンタ？」響子が聞く。

「オスカー デラ レンタじゃろ？　このドレス」

「オスカーデラルイス」響子はタグを見せて言った。

「ま、これ、なーんか似合わなくなってきてたから、メルカリにでも売ろうかと思ってたとこ」

「えっ、お気に入りのドレスじゃなかとですか？」

「いやいやいや。二軍、三軍？」

「だけど、この前、爽介さんが来たときにこれ」

「あ、私、これ、着てた？　覚えてない」

と、響子はあっさり言って、床にひとつこぼれ落ちていたお手玉を籠の中に入れた。それは昔懐かしの水鉄砲や吹き戻しが入っている爽介のお土産の籠だった。

「なんだ……。てっきり、ここ一番の一張羅かと」

空豆は安堵の表情を浮かべた。

「でも、聞こうじゃない。なんでこんなことしたの？」

響子はプシュッと缶ビールを開け、楽しそうに空豆の顔を見た。


連帯責任だ、と響子に叱られて、音は空豆と一緒に雪乃湯の掃除をしていた。

タイルにブラシをかけ、鏡を磨き、壁面の富士山を掃除しようとモップを持つ手を伸ばしたりしているうちに、ふたりともだんだんと楽しくなってきた。空豆は桶に水を入れようと蛇口をひねったが間違ってシャワーの栓を開け、頭から水を浴びてしまった。ずぶ濡れになった空豆の姿がおかしくて、音は自分でも珍しいなと思うくらい、大きな口を開けて笑った。

——冬の真ん中にいた僕たちは、夏を夢見てた。暑い夏を夢見てた。

僕たちは、やがてやって来る夏も一緒にいると思ってた。少なくとも、僕はそう思ってた。

——そして夏が来たらここに並んで、アイスキャンディを食べたりするんだ。なんて勝手に思ってた。子どもかよ。


雪乃湯から家に戻って、音は縁側に座りお手玉をホイホイと投げていた。空豆は台所でふたり分のコーヒーを淹れて来た。音と少し離れたところに腰を下ろした空豆がつぶやく。

「器用やっちゃね。音の左利きは器用のようで器用じゃないみたいで、むぞか」

「なんだ、それ」

「かわいいってことさ」

「ねえ、カンガルーって、左利きなの知ってる？」

「むぞか」

ふたりはしばらく黙ってコーヒーを飲んでいた。そして空豆が、唐突に言い放った。

「音が、おいを守る」

「え」

「あんとき、橋から飛び込もうとしちょったおいを助けたときから、ずっとおいを守る……気のするったい」

空豆は言うけれど、音は黙っていた。「いやと?」空豆が音の顔をのぞき込んでいる。

「や、がんばります」

照れくさくなった音がぎこちなく言うと、空豆はくすっと笑った。

「誕生日、いつと?」

「ええ?」

「夏生まれの気のするったい。音は夏の匂いがする」

「何それ。七月十六日」

「おいは、七月九日」

「七日おねーさん」

「音がこの世におらん、七日、寂しかったと」

空豆は笑った。でも夕焼けが影を作り、泣き顔みたいな笑顔になっている。

「なんてこと言うの……」

あまりに甘い言葉に絶句しつつ、空豆を見た。音の近くでニコニコ笑っているけれど、その顔が、だんだんと真顔になってくる。

ふたりは見つめ合っていた。どちらからともなく目を閉じ、顔を近づけていった。

突然の、夕暮れの中のキス……になるはずが……。

唇が重なる直前、空豆はこっそりと背中に隠し持っていた水鉄砲を音に向けた。そして目を閉じている音の顔のど真ん中に水をかけた。ブシュー｜｜。水鉄砲の水が音の顔をしたたかに濡らした。

音は慌てて目を開け、なにが起きているかわからずに、前髪から水をしたたらせていた。

「ハハハハ。騙されよった」

空豆は音を指さし、騙されよった、騙されよった、とケラケラと笑っていた。美しい悪魔だ。

気持ちのおさめようがないまま、音は浴室でバケツに水を汲んでいた。

「ツメテ」手を入れると、冷た過ぎる。ちょっと考えて温度を上げた。お風呂の湯加減をみるようにバケツの水の温度確認をしている。自分がなにをしているのか、よくわからない。

バケツを手に縁側に戻ると、空豆はいい気なもので、脚をブラブラさせて鼻歌を歌いながら、座っている。

「空豆」

「んー？」

振り返った空豆の頭から、バケツの水をぶっかけた。ペタンコになった空豆の髪から、ポタポタと滴が落ちる。

「……あったかい」

空豆は湯気を立てながら笑って言った。

翌日、ユニバースレコードの会議室で、音はイソベマキとSNSをチェックしていた。音の作った曲を一緒に歌う女の子を探しているのだ。

「んー。悪くないわよね。でも、この映像は、裏でサポートしてるスタッフがいるってことよ。もうヨソと契約しちゃってそう」

イソベマキがタブレットを見ながら言う。

「なるほど~」

「ウチがさ、ユニバースが育ててる子が、何人かいるのよ。やっぱその中から選ぶしかないかなぁ……」

イソベマキは資料を繰り始めた。

「やっぱりビジュも大事ですよね」音は言った。

「もちろん。てか、やだ、君、なんか期待してる？　かわい子ちゃんとか」

「いや、そんな」

「まあ、でも、かわい子ちゃんよ」

「あ、だったら、きれいめよりかわいい感じ……で。できたら、清楚めで」

「あんたの見合いやってんじゃないのよ。やるんだったら、私の見合いやりたいのよ！」

そのときバタンと会議室の扉が開き、アリエルがとび込んできた。目をうるませ、口をとがらせている。

「イソベマキさん、サトシくんが、サトシくんが」

サトシというのは、マンボウのことだ。

「またケンカしたの？」イソベマキはアリエルに尋ねた。イソベマキはハッとした表情になって「あ、つきあってないからね。ぜーんぜんつきあってないから」と取り繕うように音に言った。

音は、上目遣いで見つめてくるアリエルから、反射的に目を逸らし、礼儀正しく挨拶をした。すると、アリエルが音のほうに来て、バッと抱きついてきた。

「私、もう、いやだ、こんな世界。こんな世界にいなかったら……」

「ちょっと、アリエル。違うだろ。なんで、男に抱きつく？　私だろ。そこは、私でいいだろ？」

「できれば、イケメンのほうが……」

アリエルとイソベマキが言い合っている間、音はフリーズしていた。

「や、世の中のイケメン全部あんたのもんじゃないから。離しなさいって。もうこの人、完璧にフリーズしちゃってるじゃない」

イソベマキはアリエルを音から引きはがして抱きしめた。アリエルはイソベマキの肩越しに音を見つめていた。

雪平邸の茶の間でどら焼きを食べていた響子は、ふと壁を見た。テープで貼り合わせたエアーチケットが画鋲で留めてある。空豆はたまえになにも言っていないだろう。響子は電話をかけて事情を説明することにした。

『あの子、元気ですか。ご迷惑かけちょりませんか？　なかなか電話も出らんで』電話の向こうのたまえは、響子の話を聞いてため息をついた。

「あの、おばあさま、この前、電話でおっしゃったじゃないですか？　さもしかって。男の人の懐あてにするのは、さもしいと」

『ああ、そげなことを……』たまえは覚えていないようだ。

「空豆さん、自分でおばあさまに、エスカレーターを、や、間違えた。エレベーターを、おばあさまに買ってあげようとなさってます。男の人に頼らないで、自分の力で」

『あらま……そげんこつを』

「だから、少し、時間をあげていただけませんか？」


ファッションブランドを探索しに街に出ていた空豆が帰宅して、茶の間のコタツで音と響子に興奮気味に語っていた。

「すごか！　すごかと！　伊勢丹もバーニーズも、リステアも！　おい、ここがドキドキしてしまったったい」空豆は自分の心臓を押さえて言う。

「ドーバー ストリート マーケットもすごかったたい！ どげんして着るとね？ どがんして脱ぐとね？ ゆうような服がいっぱいあったが。じゃっどん、きれいや。形や色や、無限ばい！ 遊びよる」

「遊ぶ？」今度は響子が尋ねる。

「きっと、作っとる人の心が遊びよる。あ、あの、響子さんの部屋のアフリカ大陸たい。アフリカまで行くったい」

空豆がデパ地下で買ってきたケーキの箱を、音はチェックし始めた。

「あ、苺ショートは選ばんで」

「えっ、さっき、なに食べてもいいって言ったじゃん」

「気の変わりよった」空豆に言われ、音はショートケーキ以外から選んだ。音も響子もお茶とケーキの支度をしているのだが、空豆は話したいことが多くて止まらない。

「おい、楽しくなってしまって、伊勢丹のエスカレーターは、ジェットコースターの初めみたいにワクワクするんじゃっ。そいでかわいい服ば見つけると、フッと心臓の止まるごたあ」

空豆は夢を見るような表情を浮かべた。

「で、なんで、『大東京』で行くの？」音はさっきからツッコみたかったことを尋ねた。

空豆が着ているのは、上京してきた日にドンキで買ったスウェット上下だった。

「おいはわかっとったたい。なにをどう着てっても、おいはダサい。あかん。やっとれん。

比較にならん。そんなら、振り切ったほうが、バカにするほうもバカにしやすいと思ったとよ」と、珍しく自信なげに言った。

「一流のデパートは客をバカになんかしません」響子はきっぱりと言った。

「そうじゃったた。それが東京じゃ。おいは、思う。東京の人のほうが差別せんじゃなかと?」

「心の底ではわかんないけどね」

音はいつもの癖で、とりあえずツッコんでおく。

「東京愛に目覚めたおいに、そがん言うなら、食べんでよか!」

空豆は音をにらんで、ケーキを引っ込めようとした。

「おいは、お金がないから、何にも買えんやった。あ、ほいでも、服、触れただけで楽しゅうて仕方のなかったとよ。で、帰りにきれいなものば、買いとうなったと」

「それで、ケーキを買ってきたと」響子が言う。

「不思議につながるよね。空豆の思考回路」

音が納得していると、空豆が立ち上がり、ペンと紙を持ってきてササッとイラストを描き始めた。

「なに?」と響子が尋ねる。

「今日、おいが見た服とよ」

まるで目の前に、その服が存在しているかのようにディテールもしっかりしている。一枚描いたと思うと、また次の服を描く。

「え」響子は絶句していた。すごく、うまい。

「すげえ。記憶してんの？」音も感心していた。

「一度見たら、忘れんばい。そいくらい美しかぁやったり、カッコよかぁやったり」

「あんた、絵、描けるね」真面目な口調で響子が言った。

「腹の足しにもならんばい」

「ねえ、あんたが今日、一番気に入った服、描いてごらんよ」

響子が言うと、空豆の顔がぱあっと輝いた。

「描いてよかと？　見ると？　待って！」空豆は一心不乱に描き出して、「袖ばふわっとして、ここに切り替えさあって、十二のギャザーがひらひらとする波をつくって、夢のごたあ」

「見たまま描けるの？」音は圧倒されていた。

「アンダーソニア」響子がつぶやく。

「え？」音は響子を見た。空豆もわけがわからず、ぽかんとしていた。

アンダーソニアのアトリエでは、パタンナーの葉月心《はづきしん》が、トルソーに今朝ファクトリーから届いたばかりの新作ドレスをまとわせていた。最後に袖をふわりとさせ、形を整える。

「どうでしょうか？」

葉月は、少し緊張のこもった声でデザイナーの久遠徹《くおんとおる》に声をかけた。郵便物をチェックしていた久遠は、トルソーのドレスを見つめる。そして、両手でそのドレスを引き裂いた。

葉月はその光景を、表情を動かすことなく見ていた。

「クソだ。こんなデザインは」

久遠はドレスを破りながら「違うか？」と、葉月のほうを向いた。

「クソです」と葉月は久遠の目を見てうなずく。こういうときはいくら逆らっても無駄だ。

近くで成り行きを見守っていた生産管理担当の柾《まさき》は黙って見ていた。


雪平邸の玄関で、響子が靴を選んでいた。

「ただいま戻りました〜。響子さん、出かけると？　大野屋で、蕎麦寿司と玉子焼きと鳥焼きもらってきたがよ」とたくさんの土産を持って帰宅した空豆が、うれしそうに響子に声をかけた。

「そう。お疲れさま」

響子はさっさと行こうとしたが、空豆がすかさず「響子さん」と腕をつかんだ。

「お願いします。アンダーソニア」

「うん、わかってるわかってる」

響子は懇願する空豆に見送られ出かけて行った。

大野屋の土産は、音とふたりで食べることになった。

「♪夕焼けの街～君と駆けた～」

音はスマホでメロディを聴き、たまに歌詞を書き留め、歌いながら鳥焼きをつまんでいる。

「♪夕暮れの街～夢を見てた～」

隣で本を読んでいた空豆が、「いい歌」とぽそっと言った。

「ホントにそう思ってる？」

「ユニット組むとやろ？　誰が歌うとね？　決まったと？」

「いや。でも、ま、かわい子ちゃんじゃないの？」

音は一瞬ニヤついたが、すぐに顔を引きしめて「まあ、声が一番大事だけどさ」と言う。

「紅白出たいとやろ？　なら、美人やないといかん」

そんなことを話しながら、空豆は珍しく本を開いている。しかも難しそうな本だ。

「『ファッション大全』」音は表紙を見て、本のタイトルをそのまま口にした。

「図書館で借りたと。アンダーソニア行くまでに、勉強しとくけんね」

「でも、びっくりしたよね。アンダーソニア？　空豆の一番気に入ったブランドが、響子さんの美大時代の同級生のやってるブランドなんてさ」

「ん。絶対、おい、そこに入れてもらうけん！　じゃっどん、これ難しゅうて、何言っとるかようわからん」

「ねえ、空豆さ、自分で描いてみれば？」

「ん？」

「自分でないの？　こんな服作りたいっての」

「ええ!?　考えてもみんやった」

「ほら」音はレポート用紙と鉛筆を持ってきて空豆に渡した。

「おいが考えてよかと？」

空豆は顔を輝かせ、デザインを描き始めた。

「この曲は、別れる曲じゃろ？」

音がボリューム低めで流していた曲を聴き、そんなことを言う。

「え？　なんで……」

「そんな感じのするったい。そんな歌詞がつくとやろ？　この曲のヒロインがこげん服着るったい」

鉛筆をさらさらと動かし、音がイメージしていた通りの……というより、音の曲のイメージを具現化するような、服を描いた。音はその才能に、たじろいでいた。

「フレアの海に沈んだ青のドレスったい」

空豆はどんどん描いていく。

「フレアの海、プリーツの花火。これは、桜を待つドレス。星を見る服。空と海の青」

トップスとボトムス、両方青。だけど青のトーンがちょっと違っている。

「雨のタップダンス」

空豆はさらに色を重ねていった。集中していた。

「あいつ、天才なの?」

湯船につかり音は考えていた。「なわけないよな。天才がそんなに、こんなに軽くいるわけないよな……」

専門的なことはわからないが、かなり傑出した才能だ。音でさえ、そう思えた。

「俺も、がんばろ……」音は湯船に深くつかった。

その頃、響子はバーで、かつての同級生が来るのを待っていた。

「お連れ様がお見えです」店員の声がし、顔を上げると、モード系のファッションで決めた男性が入ってきた。アンダーソニアのデザイナーの久遠徹だ。

「悪い、待たせたかな?」久遠がハットを取る。

「久しぶり」響子は笑いかけて、そしてさっそく空豆のことを話してみた。

「いま、なかなかウチらの業界厳しくてさ。人雇うっていっても」

「雑用、掃除、使いっぱしり。なんでもやるって言ってるのよ」

「パターン引けるの?」

「いや」

「経験は?」

「ない」響子は正直に言った。

「えー。頼むよ、響子さん。いくら昔のよしみって言っても。無理言わないでよぉ」

「あそ。無理。で、どう、私は無理なの？」

響子は色っぽく迫ってみた。

「え？」

大柄で厳つい顔つきの久遠だが、昔から響子にはめっぽう弱かった。


「あー、ゆだりそうやった」

空豆が風呂から上がってくると、音はコタツで作業をしたまま眠っていた。テーブルの上のノートには、音が書き散らした、言葉のかけらがあった。

『夕焼けの道……』などと歌詞が書いてあるけれど、それ以上いいフレーズが浮かばなかったのか、落書きもある。空豆の顔、響子の顔……へんな顔をしている。

「下手。笑う～」

空豆はケタケタ笑いながら、ふと思いついて、寝ている音をスケッチし始めた。

「女の子のごたあ。まつ毛の長か～」目元を、じっと見つめる。

「♪今日さえ明日過去に変わる～♪瞬きさえ、おっくうううっ……」空豆は歌いながら音の寝顔に問いかけた。「忘れてしまったかいね」

でも音が目覚める気配はない。

「起きんね。泥棒してしまうとよ」

空豆は手にした鉛筆を動かしながら、チラチラと音の顔を見た。

そして意を決したようにコタツ板に両手をついて音のほうに身を乗り出した。目を閉じて、音のくちびるにそっと自分の唇を重ねた。

心臓が飛び出しそうなぐらい、音を立てている。空豆は数秒で離れて、何事もなかったように元の場所にストンと座った。ノートの上に置いた両手の上に顎をのせ、しばらくじっと、息をひそめていた。


翌朝、三人で朝食を食べていた。

「なんか……なんか忘れてる気がする」と響子が言う。

「え、アジの干物、だし巻き卵。白菜の漬け物。なめこのおみおつけ、みんな出とるやないとですか？」

「そうか……あっ、思い出した。思い出した思い出した。めんたいこだ。爽介がめんたいこ、くれたんだった。福岡物産展とかで」

「うまっ」空豆は目を見開いた。

「ね。めんたい屋のより美味しいと思うのよね。でも、なかなか売ってないの」

「あ、僕、昨日夢見たんだ」

めんたいこをじっと見ていた音が、唐突に話し出した。

「夢?」

「はい。すげー、なんか気持ち悪い夢で……ナメクジが唇の上這ってく」

その発言に、空豆は硬直した。

「あら、気持ち悪い。私はね、大蛇がね、知らない間に添い寝してる夢見たことある」

「うわっ。それもキモイですね」

音と響子は、空豆を見た。空豆にも気持ちの悪い夢のエピソードを求めているのだ。

「あ、う、私は」ナメクジの衝撃で、空豆は思わず標準語になってしまった。

「……おいは、夢はあんまり、あ、おい、おかわり……あ、いや、自分で」

ごまかすように立ち上がった。でも動揺していて、膝をぶつけた。

「痛った……」顔をしかめながら、空豆は音を思いきりにらみつけた。

——おいの貴重な唇をナメクジ扱いしよらした。許せん、こいつ。

5

「だからね」

アンダーソニアのアトリエに、久遠の苛《いら》ついた声が響いた。オンライン会議中の久遠は服の布地を持って、パソコンの画面にぐいっと近づいていく。

「ここ、ここ見て。ここの縫い目。これが、こうなってこうなってなってるでしょ？」

画面の向こう側のバイヤーに向かって、久遠は指と指を交差させ、縫い目を表してみる。

「先生。近すぎます。ボケます」柾が久遠を画面から引きはがした。

「その分、上がりがぜんぜん違ってくるんだよ」久遠は主張したが、

「いや」バイヤーはふっと笑った。「そういうこだわり、誰もわかりませんって。パッと見てカッコよきゃいいんで、ワンシーズン着て終わりでよく……」

「バカヤロ。服はゴミじゃねえ！」

激高した久遠は、力任せにパソコン画面を殴った。パソコンの液晶は一瞬でブラックアウトし、机の向こうに倒れた。その様子を見ていた葉月は、うっわ、という顔をしながら、楽しむように口の端に笑みを浮かべていた。打ち合わせは強制的に終了だ。てか、決裂だ。

「先生、今月で三台目です」

柾は淡々とパソコンを起こし、割れたモニターの破片を片づけ始めた。

「俺、こんなクッソファストファッションとのコラボなんかやんねーから！　二度と話受けてくんな」

オンライン会議の相手はファストファッションのバイヤーで、アンダーソニアとのコラボ企画の打ち合わせだった。

「あんなペラッペラ生地でアンダーソニア作れっか！」

手から血を流して怒鳴り散らす久遠のために、ほかのスタッフが絆創膏を持ってきた。


その修羅場を遠巻きに見ていた空豆と響子は、一段落した様子なので「こん……にちは」と声をかけてアトリエ内に入っていった。

「あ、これ、空豆」響子が久遠に空豆を紹介する。

「初めましてえ。浅葱空豆と申しますう」

ぺこりと頭を下げる空豆たちを、久遠は応接スペースに通した。


「どうだろ、私、悪くないと思うんだよね」

響子は久遠に、空豆のデザイン画を見せた。

「ほほお。この人のとっておきのドレス、分解したんだって？　どんなだった？」

久遠は一瞬にして空豆の非凡な才能を見抜き、うれしくなって笑いながら空豆を見た。

「おい……こげん美しかもんがどうやってできとるか？　思おて。小さいころ、男ん子たちが昆虫ば分解するのは、こういう感じやったとね……意地悪な気持ちやのうて、美しかぁ思ってやるんやなかとやろうか？」

「で、洋服、分解した感想は？」久遠は改めて尋ねた。

「美しかもんは、分解しても美しか」

「え。あんたホントに空豆？」

しゃれたことを言う空豆を、隣に座った響子は凝視している。

「堪能したんだね。解体を」久遠は空豆に話の続きを促す。

「袖の部分。この袖の部分。前より後ろのほうが、生地がずっと大きいっちゃね。あー。そいで、あげな形になりよる。おい、思ったけん。じゃったら、これを前後ろ逆につけてみたら、どうなると!?」

「それ、マルジェラだよね」久遠はすかさず言った。

「マルジェラ、なんね？」空豆は、久遠を見て首をかしげた。

久遠は内心で舌を巻いていた。知識もないのに発想が一流だ。こいつ、本物だ。

そんな三人の様子を、パタンナーの葉月は仕事の手を動かしながらじっと見ていた。

「ふふ、面白いのが入って来るよ～」

空豆を見てワクワクしている葉月を、事務所のスタッフの香織《かおり》が、不機嫌な表情で見ていた。

「よかったね。とりあえず入れてくれそうじゃない？」

　帰り道、響子は空豆に言った。

「響子さん」空豆は立ち止まり、正面から響子の顔を見た。

「ごめんなすって。堪忍してくだせえ。あの服、オスカーデラルイス、三万円ってウソじゃなかかね？　とっておきのドレスって、久遠先生言いよらした。おいにウソついてくれたと？」

「ん……そう。じつは、爽介が来たときも、ちゃんとあれを着ようと思って着た」と本当のことを言った。

「でもね、あんたの情熱を買った」

「情熱？」空豆が尋ねると、響子はうん、とうなずいた。

「四時間？　五時間？　ぶっ続けで、あれを解体してどうやってできてるんだろうって、その興奮を持ち続けたあんたに、ちょっと感動したんだよ」

「感動」空豆はさっきからポカンとしたまま、響子の言葉を繰り返していた。

「私も、若いころそうだった。いろーんな絵を見たし描いた。寝る間も惜しかった。絵の具にない色があるんじゃないか、と思って自分でカボチャから絵の具を作ったりもした。友だちに誘われると、誘ってくるやつにイラッとした。私の時間はすべて、絵を描くための時間だ、と思った」と、響子は一気に言い、「恋人も邪魔だったねえ」と最後にしみじみつけ加えた。

「すごかです」

「あの服はさ、あんたの門出を祝ったんだよ。バラバラになって、そしてそれでも美しいと言われて」

「おいの門出？」

「あんたは、デザイナーになるんだよ」

「え」空豆は目をぱちくりさせた。


家に戻った空豆は、一日の出来事を音に報告した。

「はっ、デザイナー？　プロのデザイナー？　それ、なんかめっちゃ話が大きく……」

「じゃっどん、響子さんがそげん言うて」

「ちょっと私着替えて来る〜。午後から雪乃湯座るから〜」と響子がいなくなると、音は
「さすがに違うよな。自分が軽く画家になれると、誰だって何かになれると思っちゃうんだよなあ」と空豆に向かって言った。

響子は現代アート界の重鎮だ。教科書にも載っている。そんなことを知らない空豆は、自信たっぷりに音に言う。

「ほいでも、おい、天才かもしらん」

「なんで？」

「マルタニマスカラと同じこと言ったとよ」

「マルタニマスカラ？　あ……マルタン・マルジェラ？」

「それじゃ！　てか、よくわかったね」

「まーね」と誇っていいのかわからないが、音はとりあえず口に出していた。

久遠はキャスター付きの高級椅子にドスンと腰を下ろした。

「俺やなんだな～。響子。雪平響子」

久遠は葉月を呼び、本音を漏らした。柾は、お茶を淹れてもう一度、久遠の頭をよしよしした。

「え、でも、芸大時代の同級生なんですよね」と葉月は言った。

「すっげー、資産家の娘でさ。俺がな、奮発して学食で、三百八十円の八宝菜定食食っててな。最後に大事に食べようと思って、うずらの卵残してるだろ？　それをそれを、あいつがこうやって、こうやって食べやがった」久遠は身ぶり手ぶりを交えて言う。

「青春ですね」

「青春だったよ～って、違うよ。違うだろ。そいで、才能なんか掃いて捨てるほど、バケツで汲んでバシャーバシャーって捨てるくらい、風呂の残り湯くらいありやがってな。若くして、日本現代美術賞よ。俺は、絵あきらめて服に舵切って、最初は、ついたデザイナーの犬の散歩から始めてよ」

延々と思い出話を続ける久遠を、「先生、午後の仕事もありますので」と、柾が遮った。

「だな。そうだよ。で、どうするよ。枝豆」

「空豆かと」葉月はスマートに訂正した。

「どっちにしろビールに合いそうな名前だよな」

「採らない手はないんじゃないかと思います。いずれ先生の右腕にも、なるんじゃないかと思います」

「うむ」久遠はしばらく考え「おまえ、今度ばかりは絶対に手出すなよ」と、葉月を見た。

「うっ」葉月は痛いところを突かれ、口ごもった。


ユニバースレコードの会議室で、イソベマキは「考え直してくれないか」とマンボウを説得していた。マンボウはマスクをつけたまま、無言でうつむいている。

「マンボウくん、マスク」アリエルが注意すると、やっと気づいて、マンボウはマスクを外した。

「もう限界なんです……」マンボウが絞り出すように言葉を発した。

「ランキングランキングって……。変な夢ばっか見るようになって。音楽番組に出て、自分の番を待っていても番がやってこないまま、エンディングでMCがさよなら、って言うんだ。オンエアーが終わっても誰も僕に声をかけてくれない。それは夢だった。だがいつかこの世界に飽きられて悪夢が必ず、現実化して追いついてくる。もう、僕はこんな世界では……やっていけない！」

マンボウは、彼のシンボルであるマスクを床に投げ捨てると、会議室を飛び出した。

「待て！」イソベマキが追いかけ、アリエルも後に続いた。そして、エレベーターに乗り込もうとしたマンボウに追いついた。

「来るな！　ここは俺だけの世界だ！」

マンボウは、わけのわからない言葉を吐いて、イソベマキを乱暴に突き飛ばした。尻もちをついたイソベマキを見て、一瞬我に返り、驚きの表情を浮かべたマンボウを乗せたまま、エレベーターの扉が閉まった。イソベマキが階段で追おうとしたが、

「待ってください。イソベマキさん。今日は、今日のところは私に任せて」とアリエルが制して、驚く素早さで階段を駆け下りていった。


「うわーーーっ！」

イソベマキに呼ばれてユニバースレコードに来ていた音の目の前を、素顔のマンボウが走り抜けようとしていた。

「あ、マンボウさん」音は驚いて声を上げた。

「君、いくつだっけ？」一度は駆け抜けたマンボウが、音のほうを振り返り、言う。

「二十三……ですが」

「まだ間に合う。デカフェくん。この世界は、地獄だ。ランキング地獄だ。今からでも遅

くない。就職するんだ。月々のお給料がもらえるところへ」

マンボウは呆然としている音をその場に残し、出口のほうへとぼとぼと歩いて行った。

すると今度は、エレベーターホールのほうからアリエルが現れて、「こんちは！」と慌ただしく音に声をかけ、マンボウを追って走り去って行った。


音はイソベマキと会議室で向かい合っていた。

「大丈夫、さほどたいしたことない。この前出した曲、前のより回ってないの。対前作八十パーセント。二割ほど落ちた。それでちょっとナーバスになってるだけ」

イソベマキは乱れた髪を整えながら、自分に言い聞かせるように言う。

「勝ってる人間は弱い。負けるとガタッとくる。その点、音くんは、強い。生まれたときから負けっぱなし」

「僕がいつ負けたんですか？」

自分ではそんな風に思ったことはないのだが。いや、現実はそうなのかもしれない。

「温泉のローカルCM作ってる場合じゃないわよ！　これから勝ってくのよ」

「あ、あれ、負けカウント……」だったのか？　音が困惑していると、

「歌姫に会わせるわ」イソベマキが、なんの前触れもなく言い放った。

「音くんが、ユニット組む相手よ」

その女の子はすでにスタジオに来ていた。時代錯誤なゴスロリのような格好で、音が完成させた曲『きっと泣く』を歌っていた。ルックスも実力もビミョーだ。なにより歌唱力がビミョーで、満足できるものではない。なのにイソベマキは、彼女が歌い終わると立ち上がって拍手をした。

「すんばらしい！　素敵！　個性的！　チャーミング！　ソーキュート！」

イソベマキは、事情を説明するからと、音を社内のカフェに連れて行った。ストレスがたまっているのか、甘ったるいクリームソーダをごくごくと飲んでいる。音は目の前のコーヒーに手を付ける気分ではなかった。

「わかってる。あなたの言いたいことは、わかってる」

音に話をさせず、続けて「大型タイアップ先の娘なの」と女の子の素性を明かした。

そういうことか。音は黙っていた。

「部長の命令なの。でも、あのゴスロリをデビューさせたっていう、事実があったらそれでいいわけ。それで納得してくれるわけ」

「誰の納得のためのデビューなんですか？」

「本人。そして、タイアップ先」

「……そのために、僕の曲を使うんですか？」

音がさすがに語気を荒らげると、イソベマキは手を合わせ、頭を下げた。

「ごめん！　お願い。この通り。次の曲でちゃんと……」

「いやです」

音はついに、きっぱりと言った。

そのとき、音の頭の中に浮かんでいたのは、一心不乱に、それでいてじつに楽しそうに、デザイン画を完成させる空豆の姿だった。雨のタップダンス、桜を待つドレスと、感性を爆発させるように無数の色鉛筆を握る空豆を目の当たりにした。あんな姿を見たら、自分のことも信じてやりたくなる。がんばりたくなる。もう、自分を卑下したり、あきらめたりはしたくなかった。


「俺だって、僕だって、天才かもしれない」

音の言葉にイソベマキはハッとし、それから真剣な表情になった。

「いや、天才は言い過ぎたけど、才能があるかもしれない。少なくとも、そう思って、曲を作り続けて来ました。この曲は、勝負の曲です。あんなシロウトには歌わせたくない」

「音くん……」

「ヨソに持っていきます」

「――――！　ヨソってまさかサニー？」

大手ライバル会社に、この名曲を持っていかれることを危惧して、イソベマキは顔色を変えた。こんな音は初めてだ。いままでどんな名曲を作っても、自分では気づかずにいた彼が、クリエイターとしてのこだわりを持ち始めた。これは大きく化けるかも。イソベマキは初めて音に土下座した。

自分の部屋にこもっていた音が、ふと窓の外を見ると、空豆が庭で洗濯ものを取り込んでいる。音は二階から空豆に声をかけた。そして、ユニバースレコードでのイソベマキとのやりとりを空豆に話し始めた。

「ひどかー！　そげんこつあるかね？　あんないい曲をゴスロリが歌うと？」

空豆が憤慨している。

「いや、ゴスロリが悪いわけじゃなくてね。方向性が違うっていうか」

「お、音のTシャツと」

空豆が庭から二階に向かって取り込んだ洗濯物をぶん投げてくる。運動神経抜群の空豆はコントロールも完璧だ。

「音が自分で歌えばいいっちゃないと？」

「え？　俺？　♪離さないように　握りしめた。忘れないように〜♪　刻みつけた〜♪」

音は本気で歌ったが、

「あ、だめじゃね」と空豆に否定されて、

「なんだと」と、手に持っている洗濯ものを空豆に投げつける。

「なんすっと？　自分で取りに来んね！」と空豆に言われて、音が階段を下りていくと、縁側に置いてあった空豆のスマホが鳴った。

「はい、もしもし。えっ、あ、はい。はいはいはい！　ホントですか⁉」

空豆の声のトーンが上がっていくのが、音にも聞こえてくる。

「はいいいい。あいがとがした～。あいがとがした～」

電話を切った空豆と、茶の間に顔を出した音の、目が合った。

「あ、なんでもなか」

言葉とは裏腹に、空豆はニマニマしている。

「気持ち悪いんだけど。顔が笑ってんだけど」

「見んでよかよ」

そう言われたので、音は目を逸らした。なのに空豆が「音」と呼ぶ。

「しゃべりたいんじゃんっ」

「おい、正式に採用になったったたい。アンダーソニア」

「ウソ！　やったじゃん。おめでとー‼」音は声を上げた。心からの言葉だ。

「ありがとうー！」

ふたりは飛び跳ねてハイタッチをした。着地した空豆はふうっ、と大きく息を吐いた。

「音、すごかね？」

「ん？」

「や、自分の曲が台無しになろうとしとるときに、人の幸運喜べるのがすごかね」

「あ、思い出した。思い出してしまった」

頭を抱えかけたところに、今度は音のスマホが着信した。イソベマキからだ。

『あのさ、私、謀反を起こそうと思うの』

電話の向こうのイソベマキは、決意の言葉を伝えてきた。


翌朝、空は気持ちのいい冬晴れだった。音と空豆は、朝早くユニバースレコードの裏口から入っていった。イソベマキが「こっちこっち」と、手招きをする。

「あ、これ、友人の浅葱空豆。サクラ候補」音は空豆を紹介した。

「初めまして」

「ああ、助かる。サクラ、多ければ多いほど。いい、作戦はこう。十一時過ぎに、いつもウチの社長はやってくる。そこを狙って……あ、来た。こちら、私の大学時代の友人。青学のセリーヌ・ディオンと言われた人、歌声は抜群」と遅れて到着した山田真子を紹介し、譜面を渡した。

「いい？　部長は出世欲の塊。日曜日に重役のゴルフバッグをハイヤーのトランクに入れることしか考えてない。だから、社長に直に音くんの歌を聴かせる。感動してもらう。そしたら、あんなゴスロリに歌わせようとは思わないはず！　だって、ユニバースにとってもビッグチャンスよ。『きっと泣く』は」

「あの～。いらんお世話かもしれんが、服、地味じゃなかと？」

空豆は正直かなり地味な真子の服を見て言った。「顔、控えめやけん、衣装で映えたほうが」

「おい、小娘」真子は空豆に思いきりツッコんだ。

「たしかに言われてみれば、服、地味かもね」イソベマキも腕を組んで、同調している。

「おい、衣裳、作りましょうか？」

「え？」イソベマキと真子は顔を見合わせた。


「きれいな色」

美しいブルーのグラデーションの生地を見て、イソベマキはうっとりと目を細めた。空豆が手芸用品店の開店を待って、その場で選んで買ってきた生地だ。音と真子は、譜割りの確認中だ。

空豆は真子に生地を巻き、あれこれ考えながら、待ち針を打っていった。イソベマキはアシスタントのように生地を持って手伝っている。

「すごいね。服、昔から作ってるの？」

「初めて」

空豆の答えに、イソベマキは「え」と絶句した。だが空豆の頭の中にはすでに完成したフォルムが浮かんでいるようだ。そして十分もたたないうちに、真子のドレスは美しく仕上がった。

「素敵」

「ドレスになってる」真子は感動していた。

「しかも『きっと泣く』のイメージ」イソベマキも満足していた。

空豆だけが考え込んで「なんかの目が足りないやつ」と言葉を探しているので、

「画竜点睛を欠く」と、音がピンときて言った。

「それ……これじゃっ」

空豆は音の音がつけていた細いシルバーのベルトをとり、それを真子の腕に巻きつけた。そして満足し、うなずいた。

「九十秒残してでき上がった！」イソベマキは時計を見た。

「行こう」「行きましょう」「行くばい！」

三人は気合いを入れ、小走りで部屋を出た。


ユニバースレコードのエントランスホールには、音の『きっと泣く』が流れていた。空豆のドレスを着た真子が歌い出し、イソベマキは扇風機で風を作り、音の曲に合った雰囲気を演出した。

出勤してきた社員たちが足を止め、だんだんと人だかりができて、やがて通りかかった社長も気づいた。そして社長は一番前に来て、真子の歌に聴き入っていた。

曲が終わりイソベマキは、扇風機を下に置き、社長に一礼をした。音も顎を前に出すようにして頭を下げたが、そんなことではダメだと空豆がぐいっと頭を下げさせた。空豆の力は強い。音はひたすら頭を下げ続けた。


その夜、大野屋の千春が大皿を抱えて雪平邸を訪れた。

「聞いたよ。すごいゲリラライブやって、ユニバースレコードの社長にグッとこさせて、歌えない歌姫クビにしたんでしょ？　すごいよ。そいで、空豆ちゃんは就職決まって。今日、お祝いやるってヒロシから聞いたから、これ、ヒロシが持ってけって」とフグの刺身が盛ってある大皿を音に渡した。

「……でもさ、いいね、ふたり。夢あって。ま、夢あるのはその辺の小学生でもあるのかもしれないけど、それが実現に向かってるのがすごい」

千春は少し寂しそうに言う。

「や、まだ、俺は、ユニット組む相手もこれからだし。空豆だって、ただアンダーソニア入るってだけで」

「眩しい。私は……あそこから、大野屋から動けないからさ」

「百年も続く、名店じゃん」

「うん、そこにあぐらかいてんの。自分がそれくらいのもんだってわかってるの」

「百年続く店をやってくって、すごいと思うけど、俺」

「――――そうだね。ありがと。あ、油売ってるとヒロシ怒る」去ろうとする千春に、

「あ、ねえ。俺も食べに行くけどさ、たまには遊びにおいでよ。響子さんも空豆も喜ぶよ。空豆、こっちで千春ちゃんしか友だちいないし」と音は声をかけた。

「私もね、空豆ちゃん店からいなくなるの、ちょっと……淋しい。あの子といるとさ。飽きないいね」

「それな」ひたむきな空豆のことを、音は思っていた。

「この世界って楽しいもんだったんだ、って気づくよね」

そう言い残し、千春は慌てて大野屋に帰っていった。


テーブルには、ヒロシからの祝いの品、フグの刺身に、響子と空豆の手作りの料理も並んでいる。シャンパンもあるし、フグに合わせて日本酒もある。空豆はフグの刺身をまとめて取って口のなかに捻《ね》じ込んだ。

「うまかー！　なんねこい。これがフグかね。おい、食べたことなかったがー」

「おまえは、一生フグなんか食べるはずのない人生だったんだ」

音は意地悪を言ってみたが、「うまかー！」と、空豆はまたフグ刺しに箸を伸ばした。ぐいぐいと箸でつかんで口に運んでいく。

「ちょっと、そこ俺の、陣地」音も慌てて箸を伸ばす。

「あんたたちね。私は先行投資をしてるんだからね。あんたたちが一流のアーティストやデザイナーになったら、このフグのお返しはきっちり……」

「これ、ヒロシさんからのお祝いやないと？」

「あ、そうだった」響子はおどけた表情をした。

「かんぱーーーい」

三人は何度もカンパイを繰り返した。


宴の後の茶の間で、空豆はじっとコタツの上のスマホを見ていた。

「あんた、明日から出社でしょ？」ガウン姿で起き出してきた響子が声をかけた。

「電話。田舎に電話せんといかんち思うて。報告の電話」

「がんばれ」響子が自分の部屋に戻ってしまったので、空豆は意を決して、スマホを手に取った。と、スマホが鳴った。空豆のではなく、近くに置いてあった音のスマホだった。画面には、『セイラ』と名前が出ている。だけど音は今、入浴中だ。

「セイラ……」

これは音が話していた、詐欺未遂の心が危うい女の人？　空豆は音のスマホを手に、風呂場に走った。でも途中で落として、その拍子に応答ボタンを押してしまった。

「もしもし」仕方なく、空豆は答えた。

『あ』セイラの声がする。

「あ、ごめんなさい。今、音んとこまで持って行こうとして、押してしまって。なんか、緊急やないかと思って。音、お風呂……」そこまで言って、これでは誤解されてしまうと気づいた。

「いや、違う違う。そういう意味やないと。ただ、お風呂……」

『あなた、だれ？』

「おいは、空豆というが、音とはなんでもないと」

『ううん。きれいな声、って思って』セイラは屈託なく言った。

「そげんこつ、言われたことなか」空豆もつられて、普段の調子に戻る。

『あ、もしかして、音くんから何か聞いた？』

「いのちの電話……」

『ひどい』セイラは笑った。

『ひとりで、どうしようもなくひとりで寂しいときあるし。だれか優しくしてくれないかなあってとき、あって。ダメだ、私、初めて会った人になに言ってんだろ』

セイラは空豆を相手に話し続けた。

「会ってないたい」

『え？』

「電話やけん。なんでも言っていいと。今がそうやったがね？　ひとりでどうしようもなく」

『うん、夜に吸い込まれそうになって怖くなって』

セイラの話す言葉を、空豆は黙って聞いていた。

『あ、ごめん。引くよね。重いよね』

「ううん。わかるが。そん気持ち。おいは、死のうとしよったとこ、音に助けられたとよ」

『え？』

「本気じゃないけど……。本気やろか。わからん。ほんでも、あのまま音がおらんかったら、死んどったかもしらん」

川に落ちたローファーが流れていく情景が、フラッシュバックしてくる。

「やけん、おいも助けたか」空豆は、まっすぐな気持ちで言った。

「音やないとダメと？」

『ううんううん。ありがとう』

「あ、おいの電話番号も言っとこうか？」

『ありがとう。生きていくのが簡単だったらいいのになあっ、て思う。なんか、ダメなの。動かない時間の中、泳いでるみたい。ずっと水槽の中にいるみたいよ』

「わかるが……そんなときもあるがよ」

『そう？』

「じゃっどん、ずっとやないと」

『じゃっどん？』

「だけど、ちゅう意味と。おいはなんも考えんで生きてきよった。翔太と、あ、幼なじみで結婚の約束した男の子がおったとよ。翔太と結婚することだけ考えよった。やけん、翔太がいなくなったら、こっから先、どがんしてええか、わからんやった。じゃっどん……、あ、また言ってしもうた」

『だけど』セイラはふっと笑った。

『覚えた』

風呂のほうから、「空豆～、シャンプーない！　おまえ、切れたら補充しとけよ。ぜったい、おまえだろ～」音の叫ぶ声がする。

「あっ、ちょっと待って。すぐ戻る」空豆はセイラに言った。

『あ、いいの』

「じゃ、あとから音に電話……」させるから、と言おうとすると、

『ううん、いいの。ありがとう。あ、青豆さん？』セイラが尋ねてきた。

「空豆じゃ」

『空豆さんの声が聞けてよかった。私、最初、妹さんかと思った。なんか、似てる気がして』

「なんも似とらん」音ときょうだい？　空豆はちょっとおかしくなって笑った。

『音くんに、よろしく伝えて』

「伝えますぅ」空豆が言うと、電話は切れた。空豆は音にシャンプーを持っていくのも忘れて、その場にしばらく立ち尽くしていた。そしてぽつりとつぶやいた。

「……なんや、胸がチクッとなりよった」

自分でも、よくわからなかった。

その夜、空豆は夢を見た。ときどき見る夢だ。

空豆は四歳。故郷の和室で、ふとんに入っていた。障子から、隣の部屋の光が薄く漏れている。たまえと、母、塔子がいるけれど、ふたりとも、ずっと押し黙っている。空気が重いのが、隣の部屋でうっすら起きている空豆にも伝わってくる。

「……あんたは鬼じゃ」たまえが口を開いた。

「あげん幼か子、置いて行くなんて、あんたは鬼じゃ。おいは鬼を生んだ」

空豆は眠りと覚醒の間をたゆたいながら、漏れてくる声を聞いていた。

「はんの元亭主も鬼じゃ。絵のためには、なんでんする」

「……お母さん、パリコレとかパリのメゾンで働けるチャンスなんて、十万人にひとりもいないのよ。この世に、子どものお母さんなんて何人だっている。チャンスばつかみたかとよ!!」

塔子が方言になるのは、本気のときだ。

「空豆の母親は、おはん、ひとりやなかと!?」

たまえが声を上げた。またしばらく、隣の部屋が静かになる。

「今、どっちか取れ。空豆か、服か」たまえが塔子に言った。空豆はふとんの中で、ドキドキしていた。

「……服で」

消え入るような塔子の声と、バチンという音が聞こえた。たまえが塔子の頬をひっぱたいた音だ。

「あん子はおいが育てる。そん代わり、二度と帰ってくんな。本物の鬼になれ」

たまえは隣の部屋の空豆に聞こえないように声を殺しながら、塔子に言った。


それからすぐだったのか、少し時間が経ってからなのか、ハッキリとは覚えていない。その夜、空豆のふとんに塔子が入ってきた。そして空豆を抱きしめた。塔子は全身を震わせ、泣いていた。眠ったふりをしていないといけない。空豆は感じていた。

――おいは、全てを悟ったったい。おいは、捨てられる……。


数日後、空豆は塔子と博多の街に出かけた。

「ママ！」トイレから出てきた空豆は、塔子を捜した。ここで待ってると言ったのに、塔子はいない。

「ママ！　ママー。どこと？　どこにおると」

空豆は必死で塔子を呼んだ。

「どこ行ったと？　空豆はここじゃ。ママー、ママー」

――空豆は目を覚まし、ガッと上半身だけ起き上がった。

暗闇に覆われ、空豆は怯えた。眠りながら、幼いころと同じように叫んでいただろうか。のどがカラカラだ。空豆は枕を手にしたまま立ち上がり、部屋を出た。茶の間から光が漏れていて、ホッとする。

「おった」

襖を開けると、音がいた。ノートパソコンを広げ、電気をつけっぱなしにしたまま眠ってしまっている。

「キャラメルのおまけ、当たった気分じゃ」

自分に暗示をかけるように明るい言葉を口にしながら、音のそばに滑り込む。

「あ、電気電気」

立ち上がり、紐を引っ張って豆電球の灯りにした。そしてコタツに脚を入れ、音の脚をキックした。

「……なに?」音がむにゃむにゃとつぶやく。

「起きよった」

「こわい夢見た?」

「違うばい」空豆が答えると、音はまた目を閉じた。

「親戚のおじさんに、ひとり飲むと暴れる人がおると。そんせいじゃろか。男ん人の足音はこわかよ」

音が眠っててもいいと思って、続けてしゃべっていると「ん」と返事が聞こえた。

「意外？」

「や、そういうことはあるよ」

「そげん言うやろ思うた。音はたいていのことは驚かん。音の言うことはだいたいわかるが」

「眠くて頭、動かねえ」そう言ってまた眠りに吸い込まれていく音の脚を、蹴った。

「いてえな」音が蹴り返してきたので、空豆は笑った。

「頭動かんでも、脚は動くとやね」

「寝ろよ。明日、アンダーソニアだろ？」

「はいい」そう言って目を閉じた。だけどやっぱり眠れない。

「音もおいも……」

「しゃべるんかい」音がツッコんでくる。

「夢の始まりに立っとるような気もするっちゃけど……こいからどうなるか、さっぱりわからん。心の細かよ」

「……ん」

——僕は、空豆に甘えられながら、バリアーを張られているような気がした。私たちは、恋愛にはならないよって。

「電気、消して。真っ暗じゃないと眠れない」まどろみの中で、音は空豆に言った。

「こうこうとつけとったがね」

空豆が立ち上がって豆電球を消した。でも部屋はまだ明るい。

「月だ。気づかんやった……」窓から月明かりが差し込んでくる。

「月帰んなよ、かぐや姫」

帰るなよ、と、空豆に告げるのは二回目だろうか。

「何言っとると？　ふざけとらす」空豆は笑っている。

「私たち、双子みたいだね」

「……」音は眠っているふりをした。いや、眠っているのか。音自身もよくわからない。聞こえているのだけど、眠過ぎて口を開けない。

「東京に捨てられた双子みたいやね」

「……」寝たふり、続行だ。

「寝とらすか。よかった。恥ずかしかけん」

空豆は音とは反対側を向いて眠った。音はほんの少し目を開けたけれど、また閉じた。

——僕はそれについて長い長い夢を見る。チルチルとミチルみたいな夢だった。僕たちは幸せの青い鳥を探しに旅に出るんだ。そんな夢。

アンダーソニアへ初出勤の朝。

「浅葱空豆です！　よろしくお願いします」

空豆は緊張気味に、総勢六人ほどのスタッフに頭を下げた。

「おいっ、チッチ野郎」さっそく、久遠が声をかけてくる。

「はっ。チッチ野郎？　チビって意味と？　パワハラやが。ん？　セクハラ？」

たしかに事務所はモデル体型のスタッフばかりで、その中で空豆は小柄だ。

「訴えてやめろ。ＳＮＳで拡散しろ。その代わり、おまえはまた、蕎麦屋の店員だ！」

「今ん発言も、職業差別じゃあ。やばいとよ！」

「いいか、豆粒。教えてやるよ。おまえみたいなこと言ってたら、ものを作る人間は何もしゃべれなくなる。感情が細っていく。感情を抑えるな。思ったことは全部、発露しろ。自由でないと、ものを作ることはできん。ファッションは、その最たるもの。怯えはタブーだ。なにも、こわがるな」

長身でいかつい上に、時代錯誤の高圧的なパワハラ男、久遠に空豆はドン引きだ。でも不思議とイヤではない。むしろ、痛快ささえ感じる。

「自由に思い描け。汚いことも美しいことも。心のままに。それが、ファッションの原点だ」

久遠の言っていることに心から納得して、空豆は小声で「はいい」と返事をした。

「自由でいることは、これが、けっこうおまえ。難しいぞ。俺たちはファッション、流行を作るが流行にしばられる。Tシャツの丈が短くなったら右へ倣《なら》えだ。でも、俺は、ヘソを出すTシャツは嫌いだ！　作らん。それが、本物の自由だし、アンダーソニアの矜持《きょうじ》だ」

「……はい！　ヘソの出るTシャツはおいも好かんと！」

「おお、珍しく気が合ったな。チッチ野郎」

「今日からファッションの道一筋に、浅葱空豆、突き進むったい！」

決意表明をした空豆に、柾がさっそく仕事の説明を始めた。

「ここの塗装が剝げてます。これの修復をお願いします」

アンダーソニアのアトリエは一軒家だ。その建物の壁を塗れと言う。さらに「草がぼうぼうです。これではあったかくなると虫が出ます。胸の……」と言われ、空豆は自分の胸を見た。だが柾は「私の胸の高さで、草を切り揃えてください」と自分の胸の高さを示した。壁を修復し、草を刈ってアトリエ内に戻ってくると、待っていたかのようにスタッフたちがドリンクのオーダーをしてきた。

「私、ソイラテ」「僕オーツラテ」「キャラメルラテウィズソルティーキャラメルソース」

「あ、ちょっ、ちょっと待ってくだせえ」空豆は急いでメモをし、買い物に行った。そしてその後、倉庫から反物や見本を運び、昼には弁当屋に行って並び、六人分の弁当を買った。午後はトイレ掃除だ。服作りの作業の様子を横目で見ながら、空豆はパワフルに雑用をこなした。

夜、空豆は倉庫で靴の箱に、靴の写真を貼り、整理していた。

「なにやってんの?」

「あ、葉月さん。これ、撮影用の靴。写真撮って貼ったとよ。すぐわかるように先生、取り出しやすいんじゃないかと思って」

「ああ、いつも、靴捜すとき、こんななってるもんね。あー、違う、これ違う」と葉月はみんなが混乱するときの真似をした。「がんばるね、庭の草刈りからトイレ掃除まで。たいていの子は、三日で辞める」

「そがんですか? おい、なんのこたあなかとです」

「えっ、おしんみたい。見たことないけど」葉月はマイペースに会話を進めていく。

「こげん素敵な服、作られてく空間おられるだけで、わっぜうれしかと!」

「ね、これあげる」

葉月が差し出したのはアンダーソニアのトップスだ。「着たらいい」

「や、おいはこげんもの買うお金なかと」

「違うよ。ここほつれあるでしょ? 欠陥品。こういうの出ると、僕ら社員にくれるんだ」

「やけど、葉月さんの」

「俺、男だもん。もらっても仕方ない」

「ホントに、ええと? アンダーソニアの服着られるなんて夢んごた。こげんとこ縫えばどげんでもなるけんね。おいは気にせんばい」

「ミシン、使えるの？」

「あ、はいい。家でちょっとずつ。直線縫いよるときは、気持ちのよかとです。スーッて」

「スーッて。ね、これから服見に行かない？」

「え、買い物ですか？　もう、遅かですよ。店閉まっとるばい」

「ウインドウショッピング」

二十七歳だが、葉月は屈託がない。空豆は葉月と一緒にアトリエを出た。地下鉄に乗り、明治神宮前の駅で降りて、地上に上がっていく。

「どこ行くと？」そう聞いてきた空豆に葉月はふふ、と、楽しそうに笑った。

「おお」空豆は表参道の路面店のウインドウを見て、声を上げた。次々とブランド店が現れる。ヴィトン、ジルサンダー、ディオール……とブランド名を教えてくれる葉月に、いちいち空豆は感動を覚える。

「ね、これ、ソックスとかおしゃれでしょ？　ここずらしてんのすごくね？　これ、今年のトレンドになるね」

葉月はとあるブランドのディスプレイの前に立ち止まり、着こなしを解説した。

「ホントじゃー」細かいセンスに、空豆はひたすら感動した。それに気づく葉月もすごい。

「アンダーソニア入りたてのころさ、金なくて、忙しくて、仕事終わってからこうしてひとりで夜の原宿、ウインドウショッピング。人少なくていいんだよね」

「おい、最初に好きになった服がオスカー デ ラ レンタとよ。ウインドウに飾られとるの、夜も見に行ったばい。夜は夜で素敵と」

「うん。服とさ、ちょっと親密になる気しない？　なんか、話しかけてきそうな気するんだよね。昼はよそいきの顔してるよ、服も」

「面白いこと言いよる」

葉月がまだまだ続く表参道のブランド店を指している。

「すごかー。ええね。ずっと夜やったらええね。昼は、よう入らん。気後れするが」

「なに言ってんの？　君才能あるよ。きっといいデザイナーになる。いつか君のパターンを引きたいよ」

葉月の言葉を、空豆は噛みしめていた。でも葉月はどんどん先を歩いていく。

「僕さ、昔、ひとりで深夜の原宿ウインドウショッピングしながら、思ってたんだよね。すっごい忙しくてやっぱり仕事の終わらない彼女と、あの歩道橋のところで、深夜に待ち合わせするんだ。それでふたりで夜の散歩」

ふわふわと、素敵なバリトンボイスで歌うように話す葉月は、すらりと背が高く、顔も美しく、妖精みたいだ。

「ロマンチックじゃ」

「そのとーり。で、かわいい子と歩けたらいいなあ、なんて思っててさ。夢叶った」

「……ピーターパンのごたあ。葉月さん、ピーターパンのごたあ」

「えっ、ネバーランド帰んなきゃってことかな。あ、でも、僕にとってはアンダーソニアがネバーランド。夢の国なんだ」

葉月は夢を見るような顔つきで言った。


そのころ、音は大野屋でイソベマキと向かい合って座っていた。

「歌姫候補ね。ちょっと、前の用事が押しちゃってるみたいで。二十分くらい遅れるって」

「もう、プロで歌ってる人なんですよね。いいのかな、俺なんかで」音は緊張していた。

「大丈夫。いい子だから。会社の会議室でご対面するより、こういうとこでさ、ざっくばらんがいいかなあ、と思って」

「ここ、イソベマキさんも知ってたんですね」

「だって超有名店よ。蕎麦通が全国から集まってくる」イソベマキは、ちょうど注文を取りに来たヒロシに「ねえ」と、声をかけた。

「いやいや参ったなあ。何にします？」ヒロシはうれしそうだ。

「玉子焼きは必須でしょ？　そして板わさ。〆めの蕎麦は、てんぷら？　かしわ南蛮、豚カレー蕎麦、ん～悩む」

「あ、焼酎のお湯割り美味しいっすよ」ヒロシは言った。

「あ、うん。歌姫来たらね。乾杯……」と言ったところに、扉が開いた。

「あれ、珍しい。空豆ちゃん！」

ヒロシの声に、音は視線を移した。空豆は男連れだった。ちょうど店を出る客が空豆の肩に当たりそうになり、その男はごく自然に空豆の肩を引き寄せた。すごく紳士的でスマートな身のこなしだ。音はなんとなく、目を逸らした。

「……なんで音がおる」

空豆は小さくつぶやいた。

連れの男は、だれ？　とばかりに音を見ている。

音は気にしていない風を装いながら、並んで立っているふたりを見返した。

6

音も空豆も、互いに目を逸らしていた。

「あら、空豆さん！」緊張した空気を破ったのはイソベマキだ。

空豆が笑顔を作り「あ、どうもぉ」と挨拶を返した。

そして隣にいる葉月を見て、「やだ、デート。イケメーン」とイソベマキはひとり盛り上がっている。

「あのアンダーソニアの先輩です」空豆は葉月を紹介した。

「さすが、イケメン&オサレ。あ、よかったらここ……」

イソベマキは椅子に置いた荷物をどかそうとする。

「いや、磯部さん。これからボーカル候補来るんじゃないですか」

音は慌てて制した。単に食事をしにきたわけじゃない。顔合わせだ。

「えっ、これから音とユニット組む歌姫来ると⁉」

空豆は目を輝かせた。

「あ、そうだった。そうだった。ついつい、イケメン見ると。あ、ごめんねえ、デートの邪魔」

「だから、デートじゃないって言ってるじゃないですか」

音がイソベマキにそう言ったとき、「こんばんは～」と声がした。イソベマキが「あー、こっちこっち」と、手招きをする。

「え、アリエル？」音が声を上げるのと同時に、

「うわっ。ズビダバのアリエルだ！　握手してください」と別のテーブルに座った葉月が立ち上がった。

「カオスじゃ……」空豆はその光景をポカンと見つめていた。


音とイソベマキのテーブルに、アリエルが加わった。

「で、まあ、改めて説明すると……私の力不足もあるんだろうけれど、マンボウくんがこの世界から正式に足を洗ったの。あ、発表はまだ。オフレコ」

イソベマキが口にした衝撃的な内容に、音は驚きを隠せない。

「田舎に帰ったの。福井でね、こう、あのなんだっけ。メガネのつるを作る工場を実家がやってらっしゃるらしくてそれを継ぐみたい」

空豆は音たちのテーブルが気になっていた。みんな深刻な表情を浮かべている。

「好きなの？」

焼酎のお湯割りを飲んでいる葉月に聞かれ、空豆はハッとした。

「あの暗めのイケメン、好きなんだ？」

「やっぱり暗いとやろか？」

「え、そこ？」

「暗いと売れんとやないかぁ、思うて心配しちょる」

「ああ。そうね。大事大事」

葉月は納得したのか、とりあえず相づちを打った。


「デカフェさん」

アリエルが真剣な目で音を見つめた。音はドキリとしてしまう。

「はい」

「私じゃダメですか？」

「いや、まさか。めっちゃ歌うまいし、有名だし、てか、俺とユニットでいいんですか？」

逆に、音が尋ねる。

「私、最初に言いましたよね。ファンです」

アリエルがお色気たっぷりに、でもとても真摯な瞳で言った。


翌朝、アンダーソニアに出勤した空豆を、アトリエのみんなが〝えっ〟という顔で見た。

見違えるほどおしゃれな空豆が立っていた。

「それ、ウチの服だ。十八万だ。そんな給料出してないぞ」

中でも久遠が一番驚いている。

「先生、これ、俺にくれたやつです」葉月が説明した。「今期のデリバリーが始まって、お店に卸したんだけど、お店から縫製不良が見つかって、戻って来たものです」

「あ、ああ……」

「でも、素敵に着こなしたねえ、空豆ちゃん」葉月は空豆のほうを向いて言った。

「わざとデニムに合わせてみたったい。このオレンジのスニーカーもかわいいじゃろ」

褒められた空豆はまんざらでもない気分で、着こなしの工夫を語った。オレンジのスニーカーは、東京で出逢った翌朝に、音が買って来てくれたものだ。

だがすぐにおしゃれなトップスの袖をまくり、この日もさっそくトイレ掃除だ。芳香剤の残量をチェックし、トイレを磨き上げ、このトイレにはブルーとグレー、どちらのタオルが似合うか考え、グレーにした。その後は、また伸びてきた庭の草刈り、アトリエの拭き掃除と、空豆はくるくると働いた。


「マルニのコンビの靴だよ、マルニ。たしかこの辺」

久遠はバックヤードで靴を捜していた。

「先生、箱に写真ついてますよ」柾が言う。

「あ……」久遠はお目当ての靴を見つけ、箱を手に取った。

そして「だからさ、こういうのは、ぐちゃぐちゃになっちゃうんだよ。しちゃうんだよ。だから、シーズンごとに、コレクションごとに……なってる」今度は生地を捜していたが、生地は久遠の願いを叶えるように、コレクション通りに整然と並んでいた。久遠はすぐにそのことに気づき、驚きの声を上げた。

「空豆ちゃんです」柾と葉月は言った。シューズの箱に写真を貼ったのも、コレクションごとに生地を並べ替えたのも、空豆だった。

空豆は別の部屋を片づけていた。アトリエはこまごましたモノが多いので整理し甲斐がある。でも張り切りすぎて、トルソーにぶつかった。かかっていたパッチワークされた生地のドレスがバサッと床に落ちてしまい、慌てて拾い上げた。トルソーにかけ直したものの、生地の組み合わせがわからない。

どうしよう……。しばらく考え込んでいた空豆は、自分のセンスで組み合わせていった。

久遠はトルソーのドレスの着こなしが変わっていることに気づいた。悩んでいた部分の〝正解〟がそこに、あった。

「おい、葉月、これ、やったのおまえか？」

「いえ。さっき空豆ちゃんがこの辺、片づけてましたけど」

「俺の組み合わせより、断然こっちのほうがいい」

久遠は思ったことを素直に口にした。

その夜も、空豆は参考書とノートを広げ、デザインやパターンの基礎を勉強していた。でもまぶたがくっつきそうだ。ついに、ノートの上に突っ伏して眠りに落ちそうになったとき、『空豆ちゃん、めっちゃ勉強してますよ。デザインの基礎から色の配分、人間工学パターンまで』という葉月の言葉が頭の中に蘇ってきた。アトリエで葉月が久遠に言ってくれたのが、聞こえてきたのだ。

空豆はバッと起きて、コタツの上に置いてあったメンソールのリップスティックを目の周りに塗った。

「うわわわ！　リップが目に入った目に入った」

「……アホか」ちょうど風呂から出てきた音が、そんな空豆を見て呆れていた。

葉月はアトリエで久遠に迫っていた。

「彼女に、トイレの芳香剤の残量チェックさせといていいんですか？　庭の草刈りさせていいんですか？」

「どういう意味？」

「宝の持ち腐れです。コスパが悪過ぎると思います」

「なんだと？」

「先生、じつは、ちょっと先生に見せたいものが」葉月は思わせぶりに言った。

響子は久遠に呼び出され、しゃれたホテルのバーで飲んでいた。久遠は、とにかく見てくれと、響子に十七年ほど前の雑誌のインタビュー記事を見せた。

「『私のデザインは私自身……今、生きる。浅葱塔子』」響子はタイトルを読み上げた。

「ウチの若いのが、大宅文庫で見つけてきた。知ってるだろ？　浅葱塔子」

久遠は雑誌を読み込んでいる響子に言った。

「もちろん。彼女を知らない女性がいる？　コルザのデザイナーでしょ？　世界的に有名よ」

「空豆の母親だ」

「えっ」響子は目を見開いた。

「なんで気がつかなかったんだろうな。同じ苗字だ」

「『プライベートは秘していたが、じつは彼女は一九九九年に、娘を生んでいる。空豆という名前をつけたという。その名前にすら彼女のセンスが』……」

響子は記事の続きを読み、顔を上げた。

「ちょっと待って。浅葱塔子ってたしか、ダンナが菱川誠二《ひしかわせいじ》」

「そうだ。天才画家、菱川誠二。四十歳ちょっとで、病気で急逝したがな。天才ふたりから生まれた。あいつは、本物のサラブレッドだ。なんで、九州の片田舎にくすぶってた」

響子は、空豆が以前硬い表情で言ったことを思い出していた。

「おいは、好かん。何かを作ろうとする人は、好かん」

「多くの人を、遠くの人を楽しませる人は、近くの人を悲しませるっとよ」

あのとき空豆は、強く主張していた。


「そういうことかあ」響子はひとり、納得する。

「空豆は親に捨てられている。パリのメゾンから声がかかったときに、浅葱塔子は、娘を九州の実家に預けて、フランスに渡ったのよ。それを浅葱塔子の母親は許さなかった。空豆と塔子の縁を切らせた」


その夜、空豆はボタン付けなどの勉強をしながら、寝落ちしてしまっていた。音が茶の間に顔を出すと、帰宅した響子が優しい笑みを浮かべて空豆を見つめている。空豆が握ったままの鉛筆をそっと手から抜き取っている響子に、音が「お帰りなさい」と声をかけた。

「音くん、空豆、運んだげて」

「え」戸惑う音にはかまわず、響子はそのまま部屋に行ってしまった。

仕方なく「空豆」と、何度か声をかけてみる。空豆は「んー」と反応するものの目を開けようとはしない。

「しょうがねーなー」音は空豆を抱き上げた。ぐっすり眠っているので重い。なんとか空豆の部屋に運び、ベッドに下ろした。一瞬、空豆の寝顔を見つめ、部屋を出ようとしたけれど、戻ってふとんを胸元までかけてやった。空豆はうざそうにふとんを払いのけた。ムッとしつつも、もう一度、かけてやった。今度はそのまま眠っている。音はその長いまつ毛を見つめていた。

「……ママ」

空豆の寝言に、音はなんとも言えない気持ちになった。

音の仕事も、順調に動いていた。この日もイソベマキと打ち合わせだ。春にはリリース、そのために今月中にレコーディング……具体的にメジャーデビューに向けてのスケジュールが決まっていく。

「すみません、遅くなりました」とアリエルが入ってきた。

「あら、いいじゃない」イソベマキは知っていたのか、満足げにうなずいている。

「ウソ、アリエル？」

アリエルは長かった髪をバッサリ切って、モード系にまとめている。おしゃれ少女という印象だ。メイクの雰囲気も違うし、服の露出も少ない。セクシーなキャラクターから、一転してクールな感じに変貌した。

「名前、ソイ、にしようと思うの。ソイラテのソイ」アリエルが言い、イソベマキが音に

「どう?」と聞いた。

「いいと思います。いいです。ソイ」

空豆がデリバリーのラテを久遠のテーブルに置くと、久遠はさっそくひと口飲んで、「おい、チッチ野郎。豆粒。俺は、オーツラテと言ったんだ、これソイラテだろ」と怒っている。

「すまんこって、じゃっどん、これ」と空豆はスマホを取り出して、久遠の声を再生する。

『おい、チッチ野郎。ソイラテと、コルネッティとキャラメルフロランタン』

空豆は、自分のミスではないことを証明してみせた。

「てめえ! なんてことしやがる」

久遠がブチ切れるのと同時に、葉月も立ち上がった。

「待って待って待ってください。空豆ちゃんも、録音することない」

「おいー、空豆。じゃっどんやめろ。この場が乱れる。この、アンダーソニアの美しい空間を乱すんだ。おまえのその言葉が」久遠は理不尽な怒り方をしている。

「その顔はええと? 先生のそのワニみたいな顔は、この空間を乱さんとやろか?」

「誰がワニじゃっ! 標準語しゃべれ、サル」

「標準語がそんなに美しかと?」空豆はカチンときて言い返した。「標準、聞いただけでつまらんがよ。標準、スタンダード。平凡。みんな一緒。モードの最も嫌うとこやないと?」

「おまえ、生意気な口ききやがって」

「うわっっ、先生、先生。空豆ちゃんもあやま……」

葉月は久遠の前に立ちはだかろうとして、バランスを崩した。その拍子に躓《つまず》いて手を擦りむいてしまい、葉月は苦笑いを浮かべた。

「すまんこって」空豆は葉月の傷を消毒しながら言った。

「先生、次のパリコレのテーマが浮かばなくて、気が立ってる」葉月が声を潜めて言う。

「ここ、なんね？」葉月の手には別の傷がある。

「あ、それはこの前実家帰ったときに、猫にばりかかれた」

「ばりかく？」

「えっ、あれ、これ方言か。引っ掻く、みたいな意味」そして、「愛知県の奥のほう、弥富市ってとこ」と自分の故郷を空豆に伝えた。

「いいとやないと？　ばりかかれた。感じったい」

空豆は言い、手当てをしながら話し始めた。

「母がね。デザイナーやっとっとよ」

まだ知り合って日の浅い葉月に、なぜ話そうと思ったのかはわからない。これぐらいの距離感がちょうどよかったのか、自然と言葉が口からついて出た。

「気取っとった。九州のえびの市いう田舎出身やのに、気取って東京弁しゃべりよる……

好かん。おいはおいの方言をつらぬこち、思うたとよ」

　空豆は手当てを終え、消毒液などを救急箱に片づけた。

「コルザの浅葱塔子」葉月が空豆の背中につぶやいた。

「知っとったと？　はっ、先生も知っとっと？　そいで、そいでおいを雇ったと？」

「それは違うよ。あとから知ったんだよ。でも、血はあると思うよ。誇りに思っていいと思うよ。空豆ちゃんは、すごいデザイナーになるよ」

「じゃっどん……おい、浅葱塔子は好かんばい……あ、じゃっどん、言ってしまった」

　苦笑いを浮かべる空豆を、葉月は笑顔で見つめていた。


　その夜も久遠は、アトリエにひとり残って作業をしていた。机の上にも床にも、丸めて捨てられたデザイン画が散らばっていた。久遠はハッと思い立ち、起き上がって葉月に電話をかけた。

「おいっ、パープルのオーガンジーあったろ。マーブルの」

「先生、まだアトリエですか？」

「それと、ラベンダーのサテン」

『先生……今、何時だと思ってるんですか？』葉月が眠そうに言う。

「……え」久遠は時計を見た。「二時だが」

『そんな風に、いきなり生地の指示されたって、わかりませんよ。それ、明日、朝一番で、見ますから』
「……そうか、そうだな、明日やれば、いいか。うむ」
『はい、デザインは逃げませんよ』
「起こして悪かった」素直に謝り、電話を切った久遠は、空豆がパッチワークを完成させたトルソーを見ていた。そして自分の中で枯渇してしまったなにかに気づき、じりじりと焦っていた。

空豆はスマホの着信音で、目を覚ました。ここのところ毎晩コタツで勉強しながら眠ってしまう。画面を見ると『久遠先生』だ。空豆はよだれをぬぐい、姿勢を正して「はい、もしもし！」と、出た。久遠はいきなり、生地がどこにしまってあるのか、尋ねてきた。

「はい、はい、わかります。パープルのオーガンジー。マーブルの」

『なんでわかる？』自分で尋ねたくせに、そんなことを聞いてくる。

「あのオーガンジー、めちゃくちゃかわいかですよ。おい、先生があれでなにか作るんやないか思うちょりました。あの、パールのついたサテンと組み合わせるやなかかって」

『おまえ、それどこにあるかわかるか？』

「はいい！　すぐ行くったい！」

空豆は目を輝かせ、立ち上がった。

夜中のアトリエで、空豆は久遠を手伝いトルソーにツイード生地を巻きつけ、ピンで留めていった。

「あ、そこ、もうちょっと絞って」久遠から指示され、空豆は生地を絞ってみる。

「ああ、もう違う、どけっ」久遠は空豆を突き飛ばした。空豆はムッとすることもなく、むしろワクワクしていた。

「明日、早いだろ。もう帰って寝ていいぞ」

「いやじゃ」空豆は首を横に振った。

「アンダーソニアのデザインが生まれるとこ見られるってなったら、永遠に起きとれるとよ」そう言って、久遠の作業する様子をじっと見ていた。


ある朝、久遠はスタッフを集め、アンダーソニアのお得意様である俳優の犀賀涼平《さいがりょうへい》を、空豆に担当させることにしたと告げた。

「どうしてですか？　ウチの大切なお客様です。どうして浅葱さんが、対応するんですか？」香織はすぐに反論した。

「いいだろ、豆粒ひとりくらい」久遠はなんでもないことのように言う。

「ほら、ああ見えて、犀賀さん、かわい子ちゃん好きだし」

葉月が火に油を注ぐような発言をしているのが聞こえていたが、空豆は黙々と自分の仕事をしていた。

「犀賀さん、ご病気されて、今とてもセンシティブな時期、なにか粗相があったら」

香織が言うように、犀賀は骨髄に炎症をおこし車椅子生活を余儀なくされていた。


「やあ、こんにちは」

大スターの犀賀涼平は、黒服のＳＰたちに付き添われながらアンダーソニアのアトリエへやって来た。

「いらっしゃい」

久遠は犀賀と同じような気安い口調で言った。同世代のふたりは古い友人だが、ほかのスタッフたちは緊張気味に挨拶をした。髪をひっつめ、黒いスーツ姿で一番後ろに控えていた空豆も、慌てて頭を下げる。

「あははは。参ったよ、この」犀賀は車椅子を指した。「映画撮ってる最中で……監督も頭抱えてる」

犀賀は困ったように笑いながら、アトリエ内の服を見て言った。

「パンツさあ、こうして車椅子座ってると、なんかシワ寄るでしょ？　椅子座ってるようなわけいかなくて、気になってね」

「そうですか？　どうしようかな」久遠は車椅子に座っている犀賀のパンツのシワの感じを見た。

「なーんか、情けないんだけどね。こうなっちゃうと、アンダーソニアの服に負けちゃうよね、俺」

「そんなこと、なかとです！　負けとりません！」

誰にも意見を求められてはいないのに、急に空豆が発言した。

「服に着られる人じゃないと思うとです！　服を着る人です！　着倒すスターです！　服は、人を試すと」

そう主張する空豆の姿に、犀賀も久遠も呆気にとられていた。もちろんスタッフたちもだ。

「人を試す」犀賀が空豆を見る。

「はいい。スタイルやビジュアルだけじゃのうて、その人の説得力……。頭ん中、感性、今までくぐって来た経験、服と天秤にかけられる。そこで服に軍配上がったら、その人は服を着こなせてないっちゅうこと……。犀賀さんは服に勝つ。服を着倒す人です」

「あんたなにわけわかんないこと言ってんの？」

香織はすみません、と犀賀に謝り、空豆を引き戻そうとした。

「いやいや。わけわかるよ」犀賀は面白そうに空豆を見ている。

「ウチのばーちゃんは、ずっと、犀賀さんのファンですう。『天下の将軍』見て、『刑事の条件』見て、『さよならと言えなくて』見て、おいも一緒によー見よった」

空豆は犀賀の出演作品を挙げた。

「君、出身、どこ？」

「あっ、すみません！　宮崎のえびの市っちゅう田舎ですうっ。ばーちゃんが長崎でおいの言葉はチャンポンじゃが」

「おいも宮崎よ。懐かしいが。言葉、直さんでよかよ」

犀賀は空豆を見て、言った。

「東京はね。がんばってる田舎もんが作った街なんだ。流行だってがんばってる田舎者が作る」

「はい、私も大阪の河内長野」久遠も関西弁のイントネーションで言った。

「あの、シワ気になるなら、切ってしまえばいいっちゃないと!?」空豆はそう言うと、

「ちょっと、失礼して」とその辺にあったハサミでパンツをサーッと切った。

「あ、いかんじゃった」これ以上切ると太ももが見えてしまうからと、空豆はハサミで切るのを止めた。

犀賀は、空豆がなにをしようとしているのか不安そうに見ている。

「奥に、バックヤードにこれに似た白のウールがあったかと。光沢感のある……」持ってきて、というニュアンスで言ったが「あ、誰も持ってこない。あたりまえ」空豆は自分で取りにいった。

「これをここに、当てますぅ。そいで、こっちもこっちも。このプリーツが、いま、かぶってらっしゃるお帽子と呼応しませんか？」空豆はチャッチャッと縫っていった。

「え、これ、スカートにしちゃうってこと？　スカートかあ。若い人は着るよねえ。男の

人でも」

犀賀は器が大きい。空豆の斬新な発想を、大歓迎しているようだ。

「はいい。おい、思っちょりました！　車椅子はカッコいいがっ。ファッションアイテムとして、カッコいいと！」

「豆粒。言葉を慎め」久遠がすかさず注意をした。

「先生は、思ったことなんでん言えっち言いよりました……おっしゃいました」

「今さらいいよ、敬語」

「炎上が怖くて、コンプライアンスが怖くて、なにが作れるかっておっしゃいました！　私、犀賀さんが車椅子で来るっておっしゃったとき、浮かんだとよ。素敵な洋服が、できるじゃないか、って思ったとよ！　新しい犀賀涼平の誕生ったい!!」

「え……」これまではほほ笑んでいた犀賀も、さすがに顔をひきつらせている。

「あんたなに言ってんのよ。私たちが必死で作ったパンツにハサミ入れて！　先生にも犀賀さんにも失礼よ！」香織は空豆を突き飛ばした。

「……痛ったい。突き飛ばすことは、なかやろ！」空豆も、香織にやり返した。

犀賀が止めたが、空豆たちは女同士のガチゲンカに突入した。葉月と柾が、どうにかふたりを引き離した。


その夜、久遠と葉月は、ふたりで話していた。

「でも、先生。犀賀さん、空豆のデザイン気に入ってたと思います」

「わかってるよ、そんなこたあ」

「さすが浅葱塔子の娘……」

「それ、香織に言うなよ」久遠は声を潜めた。

「言ってませんよ。空豆ちゃん、隠してるし」

「ま、いいや。葉月。おまえ、香織と別れたのいつ？」

「……二カ月くらい前……かな」

それを聞いた久遠はため息をついた。「二重になってんだよ、嫉妬が」

「や、別に俺、空豆ちゃんどうこうしようとかないです」

「あいつが才能あるのはわかってんだよ。情熱もすげーよ。ただrealize、周りとうまくやってくれないと、ウチも困るわけさ。ひとりで服作れるか？」

「はい」

「で、なんでおまえが火に油注いでんだよって話だよ」

「えっ、みんな俺のせいですか？」

「イケメン。おまえのせいだよ」

久遠はすっとぼけている葉月を軽くにらんだ。

「犀賀涼平の前で、キャットファイトで、謹慎処分？」

空豆のその日の報告を聞き、響子は楽しそうに声を上げた。

「はいい。仕方なかとです。気がついたら、先生のデザインした洋服にハサミ入れとりました」

「はああ。スタンドプレーはね。会社という共同作業の中ではねえ」

「嫌われるとですねえ。じゃっどん、宿題出たけん。この二週間でデザインして服作ってみろ、て言われたばい。やってみるとよ」

「え、それ好待遇じゃんっ」音も会話に参加した。

「んにゃ、ダメやったら、クビかもしらん。おい、問題児と」

「だろうね」

「実力勝負じゃ。香織ば、見返してやる！」

空豆は心に誓った。


音とソイのユニットによる『きっと泣く』のレコーディング作業は順調に進行していた。

ソイは気持ちを込め、熱く歌い上げている。

「どう?」イソベマキは音を見た。

「んー。この、こぶしがきく感じがちょっと」

「ごめーん、ソイ！」防音ガラスの向こうに行こうとしたイソベマキを見て、音は「あ」と、声を上げた。売れっ子だったアリエルに自分が注文をつけるなんて、と遠慮していたが、「遠慮は禁物。なんでも言わないと。あんたの歌だよ。これから、ソイとあんたは、ユニットを組む。運命共同体なんだよ」イソベマキに言われ、音は神妙にうなずいた。

翌日、アルバイト先の富ヶ谷珈琲でコーヒーを淹れながら、音は店長の悠人《ゆうと》に、仕事の話をしていた。

「え、ズビダバのアリエルとユニット？」

「オフレコですよ」音は人さし指を唇に当てた。

「いや、それもうネット出てる」悠人はスマホの画面を音に見せた。

『ズビダバの、アリエルがユニット！』というタイトルのネット記事があった。イソベマキに確認の電話を入れると、こともなげに『あ、それわざと。仕込みよ。ズビダバのアリエルが新しいユニット始めるっぽいって憶測記事とか仕込んだの。ちょっとずつ、情報出してったほうが得だと思って』と言う。

「あ……なるほど。一応、言っといてもらえると」

『ああ、そういうことはアーティストは、気にしないでいいから。ウチらの仕事だから』

「アーティスト……」なんだかまだ違和感があって、思わず繰り返してしまった。

『そう、君はアーティスト。これからさあ、世界が変わっていくよ。それより、どう？ユニット名、考えた？』

「はい、今」

『そう、楽しみ。あの子もさ、泣きながら、髪切ったんだよ。アリエルからソイになるために』

「え？」

『マンボウくんが髪長いの好きだったから。生まれて初めてショートにしたんだって。音くんの歌に合わせたんだよ』

「がんばります」音は自分に誓うように言った。


茶の間のコタツに寝転がっていた空豆に、音はペラッと一枚の紙を見せた。空豆はじっと見て、腹筋を使って一瞬で起き上がった。

「ビート・パー・ミニット。これが、ユニットの名前とね？」

「どうかな？」

「カッコええが。カッコええ響きと」

「略すと、ＢＰＭ。略さないとビート・パー・ミニット」

「どういう意味ね」

「一分間の、拍数」

「ハクスウ？」

「いい？」

音はスマホのメトロノームのアプリを出し、起動させた。メトロノームがチッチッチッと、テンポを刻む。

「あっ、懐かしか！　小学校の音楽で習ったとよ。メトロノーム」

「これが、ＢＰＭ80。70だとこんな感じ」

「ああ、一分間に何回刻むか？」

「そうそう。テンポ」

「ＢＰＭの少なかほうが、ゆっくりとね？」

「そういう理屈だよね。一分間に何回刻むかだから」

「わかる。それくらいは、わかると」

「たとえば……」

音は空豆の手首をつかんだ。空豆の心臓がどきりと音を立てる。

「空豆のビート・パー・ミニット　73くらいかな」

「心拍数ね？」まだドキドキしているけれど、必死で、なんでもないそぶりをした。

「そう。俺、絶対音感はないけど、絶対リズム感があるんだ」

「えっ、すごか⁉　ほいじゃ、落ちてくる雨の速度もわかるとね？」

「一定だったら、わかる」

「すごかじゃ」音の才能に心から驚いていた。でも腕をつかまれているのが恥ずかしくなって、空豆はさっと手を隠しながら尋ねた。

「あ、ねえねえ。心拍数と同じテンポで曲作ったらどんな感じとね？　それ聴いたらどんな感じやろう？」

ええ？　と、音は空豆の突飛な発想に驚きながら、いつもの静かな口調で続けた。

「いつか……空豆の心拍数で曲書こうかな」

音の言葉が、空豆の胸にきゅんと響いた。


「ビート・パー・ミニット、カッコいい！」

ソイがうれしそうに声を上げた。

「ほん……と？」音はまだ少し、ソイに気を遣ってしまう。

「私もカッコいいと思ったの。デカフェ、センスある」

「いや、そんな。あ……。あの、髪、切ってくれたの、ありがと」

「音くんのイメージに近づけたいの。私は、あなたの音楽体現する歌姫だから」

ソイの気持ちに、音はじんときていた。


空豆は響子の本棚から画集を出してきて見ていた。

「あんたそんなの見てどうするの？」響子が気づいて、声をかけてくる。

「テキストの参考にならんやろうか、思うて」

「テキスト、あ、生地ね」

「はいい。たとえば、シャガールのこの絵の生地でワンピース作ったら素敵やないですか？」そう言ってみて、空豆は自分でおかしくなって笑った。

「シャガール許してくれんですよね」

「いや、それできるよ。シャガールはさておき、死後七十年たてば、著作権は切れるの。誰が使ってもいいの」

「ホントけ⁉」空豆は色めきたった。


大野屋の千春の部屋で、空豆は千春にドレスのデザインアイデアをイラストに起こしてもらっていた。

「あ、もうちょっと、ウエスト絞って。あえて、昔っぽく……あ、ストップ。どがんやろ？かわいかやろ？」

空豆の指示に忠実に、千春はドレスのデザインをタブレットに描いていく。

「はあ～。ちーちゃんはインテリとねえ。こんなもんも操作できると」

空豆は感心していた。

「空豆ちゃん、アトリエで勉強させられないの？」

「先生は、昭和の遺産よ。なんでん鉛筆。じゃっどん、おいは勉強せんといかんとやろなあ」

「うん、これからの世界。必須と思う。ま、でも、空豆ちゃんが、独特のセンスでもって独特の洋服を作ったら、またそれは違うと思うよ」

「じゃっどん、そいやとオリジナリティが～。漠然と、服作れって言われても難しいがよ～」

「ミューズが必要なんじゃない？」

「ミューズ？」

「この人に作ってみたい、この人に着てほしいっていう、創作の女神よ」

「創作の、女神……」空豆は想像を巡らせた。


夕飯は、『きっと泣く』のレコーディング祝いだと言って、響子がパエリアを仕込んでくれた。炊き上がるのを待つ間、空豆たちは縁側の外に出て、シャボン玉を吹いていた。

「ミューズ？」

「そう。ちーちゃんがそう言うけん。この人に服、作りたか～言うような」

「なるほど」

音がシャボン玉のリングを振ると、空豆が吹いているのよりも何倍も大きなシャボン玉ができた。空豆もリングを手に取り、音と一緒に大きなシャボン玉を作った。

「音にとっては、アリエル、じゃない、ソイがミューズっちゅうやつやろ？」

「どーだろ」

「そうだよ」

ふたりは、いろいろな大きさのシャボン玉を作った。

いつのまにか、どちらが大きいシャボン玉を作るかの勝負になった。ふたりでいると、いつもこうして競争になる。音が空豆に向かって大量のシャボン玉を吹いてきた。空豆もやり返そうと、音のほうに向けて吹いた。と、風向きが変わり、すべてのシャボン玉が空豆のほうに飛んできた。その姿がおかしくて可愛くて、音は笑ってしまう。

「笑い過ぎじゃっ。子どもかっ！」

怒ってみたけれど、音はまだ笑っていた。空豆は、胸がギュッと絞られたように痛くなった。音の子どものような笑い顔が、たまらなく、せつなかった。

はしゃぎ疲れたふたりは、脱力したように縁側に座っていた。西の空がだんだんと夕暮れに染まってきた頃、台所のほうから、パエリアの香りが漂ってきた。

「いい匂い、してくる」

「ん。よかね」

「ん？」音は空豆を見た。

「待っとるのってよかよ」

その言葉の意味がわからず、もう一度首をかしげて空豆を見る。

「こいから、美味しいもんが出来上がるの待っとるの、よかと」

「これからいいことあるよ、空豆」音は、何気なく言った。

「なんね」空豆は苦笑いを浮かべた。

「手の届かん人になると？」

「え？」

「遠くに行ってしまうとかね」

「なんで」音は、空豆がどういうつもりで言っているのか、本当にわからない。

「明日レコーディングで、来月にはデビューするとやろ？　遠くに行ってしまうとやろか？」

「行くわけねーじゃん」

音は、夕焼けに染まる空豆の横顔から目を逸らした。手持ち無沙汰になってしまい、シャボン玉のリングをひと振りしてみた。オレンジ色に染まる空に、最後のシャボン玉がいくつか飛んでいった。


その翌日、ソイはいつまで経ってもレコーディングスタジオに現れなかった。イソベマキはイライラしながら机を指でトントンしている。音も不安で黙って待っていた。

「なにやってんの？　ソイ。四時間過ぎてんですけど」

「携帯切ってんでしょ？　もう来る気ない……」ディレクターが言ったそのとき、音のスマホが鳴った。画面に『ソイ』と出ている。

「はい、もしもし！」

『ごめん、音くん。私、いま、福井』

「福井……？」音が声を上げると、スタジオ中のみんなも驚いている。

『マンボウくんに誘われたの。一緒にメガネのつる作らないかって。結婚……しないかって』

「結婚……」

『うん、私、フツーの女の子に戻って幸せになりたい』

「幸せに……」音のリアクションで、スタジオのみんなはソイの発言を脳内で補完している。

『何千人を前にステージに立つより、たったひとりの好きな人の……マンボウくんの横にいたい。結婚して子ども産んで、家庭とか、持ちたいの』

「音楽に、未練ないの？」

『なくないの。考えたの。昨日一日考えたのね』

「できれば、もうちょっと早くに考えてほしかった……」

音は思わず、本音を漏らした。

『ごめん！　デカフェくん。ごめん』

突然、電話の相手が替わった。マンボウだ。

『僕は、逃げ出した。その世界から逃げ出した。怖かった。明日どうなるかわからない世界が、僕は怖かった……意気地なしなんだ』

「でも、マンボウさんの曲、すばらしかったです。ズビダバも」

引き留めるとか、そういうことではなく、音は本当に思ったことを口にしていた。

『才能だけではやってけない。タフな精神がいる。俺には、どっちもなかった』

マンボウは涙まじりの声で言う。

「いえ。タフな精神のことはわからないけど、才能は絶対に、ありました」

『じゃあ、がんばる才能がなかった。君には、デカフェくんにはそれがあると思う。思ってる。「きっと泣く」すごくいい曲だ。世の中に出してほしい。たくさんの人を泣かせてほしい。俺の分も、アリエル、いや、ソイの分もがんばってほしい。応援してる』

マンボウが一方的に電話を切ったので、音も切った。そして力なく、みんなを見た。

「再スタートです」ディレクターが自虐的に言う。

「逃げたか」イソベマキはため息まじりに、でもどこか納得したように言った。

「わかってたんですか⁉」

「うすうすね。あれ、髪切ってないもん。ウイッグだもん」

音は膝から崩れ落ちそうになった。


久遠は柾から耳の痛い現実を突きつけられていた。

「今どきの百貨店はシビアですからね。今期、売り上げ芳しくないです。これ以上、消化率が下がるといくらアンダーソニアといえども……」

「わかってるよ！」

「一応、説明させてもらいました。今の状況を」

自席に戻っていこうとしている柾を、久遠は呼び止めた。

「俺、あのペラッペラなファストファッションとのコラボやんねーからな。あんなとこに、アンダーソニア出してたまるかよっ」

怒鳴る久遠に、柾も、ほかのスタッフたちも冷めた視線を向けてくる。

「なんだよ、文句あんのかよ」

「先生、それより、あの、そろそろ今度のパリコレのテーマ、おおまかでいいんで。なにかひとつでもヒントをもらえないと、私たちも動きようが」

「わかってるよ！　うっせーなっ」久遠は香織を遮った。

「こんなとこ、生地、出しっぱなしにしたやつ誰だ」

「空豆ちゃんですよ。先生の使うかもって言ってた生地、広げていきました。反物の生地のクセが取れるように」

葉月の言葉に、久遠は空豆と交わした会話を思い出した。


「布が下に落ちるまで待つ。二日間は待つ」

空豆はその通りに、ベルベット生地をアトリエ内につり下げた。

「とくにベルベットは。本当の布が見えてきません。そして、反物は」空豆は巻かれた生地をほどきながら続けた。

「巻かれて引っ張られている。本来の生地の風合いを取り戻すために、放反、広げて自然の状態にします」

「……誰に聞いた？」久遠は空豆の知識に驚いていた。

「自分で……勉強しました。服は、生地が命ったい」

空豆は強い口調で言い切った。


そのときのやりとりを思い出し、久遠は奥歯をぎりぎり噛みしめた。

「あいつ、頭くるよな。なんか、頭くるよな」

久遠の中には、空豆に対する愛情と、驚異のようななにかがないまぜになっていて、自分でもおさめようがなかった。久遠は考えて、考えて、自分では絶対に認めたくない言葉についにぶつかる。

「才能に嫉妬してんのか。この俺が……」


デザインに行き詰まった空豆は、気分転換に散歩に出た。公園の前を通りかかり、吸い込まれるように入っていき、ベンチに座る。周りでお散歩中の保育園児たちがわいわいと鬼ごっこをしている。空豆はスマホを取り出して音にＬＩＮＥでメッセージを打った。

『こちら空豆。そちらの様子はどうですか？　レコーディング順調？』

しばらくその画面を見ながら「既読、つかん。忙しいか。そら、忙しいと」とつぶやいたところ、返信が来た。

『逃げられた』え、どういうこと？　空豆はすぐに返信を打った。

「なにに？」

『歌姫に』

「マジか？」

『マジ』

「ウケる」

『鬼』

音にメッセージを返そうとしたところに、どこかから『いつも何度でも』のイントロが流れてきた。どこ？　空豆が音楽が流れてくるほうを探すと、保育士が保育園児たちに囲まれて竪琴を弾いていた。その姿は、おとぎ話の世界から抜け出してきたようだ。イントロが終わると、歌い出す。

「♪呼んでいる 胸の どこか奥で」

『おまえ、今、家？』

「や、今、外。公園」

続けて音からメッセージが来たけれど、空豆は歌い出した女性から目が離せなかった。

空豆ははっと現実に戻って、音に返信を打った。

『地下鉄ん中で、カップルいちゃいちゃしてててつれえ』

音の返信を見て、空豆は「知らんがな」と笑った。そして「蹴ったれや」と返信した。そんな乱暴な言葉とは裏腹な美しい世界が、目の前で展開されていた。空豆は彼女が作り出す幻想的な世界に酔いしれていた。

『参ったよ。これから歌姫なんて、つかまんないしさ。空豆、歌える？』

『いや、おまえ、オンチだったよな』

音からメッセージが連投されていたけれど、歌に聴き惚れている空豆は、もう画面は見ていなかった。

しばらくしてから空豆は音とのやりとりを思い出して画面を見た。

「音、もうすぐつく？」

『あ、もうついた』

「あさひな公園来て。池があって、ベンチがあるとこ」

『え？』

「来て。すぐ」

『どしたの？』

「おなか痛い！　すぐ来て」説明するのがもどかしくて、適当なことを打った。

『え、わかった！　待ってろ』

空豆は音を待ちながら、歌を聴いていた。しばらくすると音が走ってきた。

シッ。人さし指を唇に当てて、歌を聴くように示した。

歌が終わった。空豆と音は保育士の女性を見ていた。彼女も空豆たちに気づいた。

「ええんじゃなかと⁉　歌姫にええんじゃなかと⁉」

空豆は興奮気味に、隣にいる音に語りかけた。

その保育士は、セイラだった。セイラも音に気づいていた。おそらく公園に入ってきたときから、ずっと。

「久しぶり」セイラは、自分のほうに歩いてきた音に声をかけた。美しい夕陽を浴び、髪の毛がキラキラと光っている。

「久しぶり」音は魅入られたように、言った。

空豆は少し離れた場所で、ひとりポツンと立ち尽くしていた。

7

茜色の空の下で見つめ合う音とセイラは特別な空気に包まれていた。

空豆は少し離れた場所で、そんなふたりを見ていた。音が振り返って、ポツンと立っている空豆に気づいた。

「あ……彼女、同じ家に下宿してる」音が紹介してくれたので、空豆は歩いていった。

「初めまして」

「あ、空……豆……さん？　空豆さんじゃない？」

「えっ、なんでおいの名前知っとると？」

「やっぱり。声！　声でわかった。音くんに電話したとき、一度、私の電話出てくれた」

「あ」空豆も思い出した。

「セイラ！　あ、ごめん。セイラさん」

「さん、いらない。セイラで」ふたりはテンション高く盛り上がる。

「え、何、俺、置いてきぼり」

すねたように言う音を見て、空豆とセイラは目を合わせて笑った。

音はそのままユニバースレコードに戻って、スマホで撮影したセイラの動画をイソベマキに見せた。セイラが夕暮れの公園で竪琴を弾き『いつも何度でも』を歌う映像は、ミュージックビデオのようだ。セイラの周りでは、子どもたちが鬼ごっこをしている。

「この保育園児は、シコミ?」映像を見たイソベマキが尋ねた。

「シコミませんよ。保育園の先生なんです」音も知らなかったが、セイラは保育士だった。


気持ちの高まりが抑えられなかった空豆は、誰かに聞いてもらいたくて大野屋の千春の部屋に行き、一気にまくし立てた。

「曇りのような声じゃった。晴れでも雨でもない。すごいニュアンスのある、こっちまで泣きたくなるような声じゃった。そいだけに人の心つかむがよ」

「きれいなの?」煎餅を食べながら聞いていた千春は、ものすごく冷静な声で言った。

「めっちゃきれい……」空豆はうなだれた。

「なんで落ち込む?」

「音に会ってからおい、思っとったとよ。可愛くなりたか!」

空豆は自分で自分の言葉に驚いた。そうなのかと。千春に気取られたかと思って焦った。だけど千春はこともなげに言い返した。

「え? 充分可愛いじゃん」

「んにゃ。東京もんには負ける。まとっとる空気が違う」

「そんなきれいか？　セイラさん」

「うん、幻のごたるようじゃった。神様の作った最高のデザインやなかと」

「あっ、空豆ちゃん、その人に洋服作れば？」

千春はいいことを思いついたとばかりに声を上げた。

「その人、音くんの歌姫でもあるけど、空豆ちゃんのミューズでもあるんじゃない？」

空豆は千春の直感に、ドキリとした。


翌日、音と空豆は富ヶ谷珈琲でセイラと向かい合っていた。

「お願いします！」ふたり同時に頭を下げた。

「私が音くんの歌を歌って、空豆さんの服を着るの？」

セイラはふたりの唐突な申し出に驚いている。

「そうじゃっ」空豆は身を乗り出した。音が口を開こうとしたが、かまわずに続けた。「音の歌を、おいの作る衣裳を着て歌ってくれんかね？」

「どうだろう？」音はやっと、それだけ言った。

「あの、私、そういう人間じゃないの。この前は、携帯で動画だけって言うから、撮ったけど。あ、音くんのこと騙してお金まきあげようとしたの、申し訳ないっていうのがあったから撮ったけど。空豆ちゃんにも苦しくなったとき、電話相手してもらったし」

「おいでよければ、いくらでも相手するが！」空豆は先ほどから前のめりだ。

「私、ふたりみたいに、前向きな人間じゃないの。何か、がんばろう、みたいなそういうとこ、ないの」

セイラのテンションは、空豆の高まる気持ちと反比例するように沈んでいく。「やってみたい気がないわけじゃないの。そうやって、ふたりが私を認めてくれたこと、すっごくうれしいけど、無理なの。自信ない。ごめんなさい」

「そう……」音はあきらめようとしたが、

「自信なんか、おいだってないがよ！」空豆は簡単には引き下がらなかった。「明日のことはどうなるかわからん！　おいだって、仕事クビになりそうで、また、築地の川、飛び込むようなことになるかもしらん」

「やめろよ」音はあのときのことを思い出した。

「じゃっどん。じゃっどん、あんとき、心が湧き立ったがよ。この人に、服ば作りたいって思ったと。この気持ち、素通りはできんち思おた。おいに協力してほしか！」

思いが溢れ、空豆はかすかに涙ぐんでいた。そんな空豆に、セイラは圧倒されている。

「おまえ、すごいな。交渉能力」音はいつものように冷静だ。

「音くんも、そう？　私の歌が必要？」

「もちろん。歌ってもらえるとうれしい」

「空豆ちゃんと同じくらい思ってるの？」

セイラは音を真剣な瞳で見つめた。

「とてもそうは見えないかもしれないけど、たぶん。でも、俺は無理って言われたら、もう、それ以上言えない。そういう人なんです」

「ちょ待てや。人をどこまでも値切るどっかのおばはんみたいに」空豆は文句を言った。

「そうじゃんっ」

言い合うふたりを見て、セイラはふふっと、つい笑ってしまった。

「お願いじゃっ」空豆が頭を下げるのを見て、音も下げた。

「……いいの？　私で」

「え？」音はちらっと視線を上げた。空豆は勢いよく顔を上げてセイラを見た。

「ふたりの大事な夢じゃないの？」

セイラはふたりを交互に見ていた。

富ヶ谷珈琲を出ると、空豆がさりげなく離れていった。あえて音とセイラがふたりで話す機会を作ろうとしているようだ。音はセイラに「あの」と、声をかけた。

「あの、妹さんの借金、どうなったの？　あれ、ホントでしょ？」

「ん……母親がね、気がついてなんとか処理したみたい」

「そう……」

音はそれ以上、何も言わずにいた。

その夜。セイラは、右手で左側の袖を上げてリストカットの傷跡を見つめていた。しばらくして顔を上げたセイラは、決意の表情に変わっていた。

音はユニバースレコードにセイラを連れて行き、イソベマキに引き合わせた。イソベマキはセイラに声をかける前に「で、なんであなたがいるの？」と空豆を見た。

「この歌姫見つけたの私なんで」空豆が得意げに言うと、イソベマキは納得したようだった。

「あの、あなた。菅野セイラさん。今日はよく来てくれたわ。音くんとユニット組んでくれる？」

「いえ、私のようなものでいいんでしょうか？　歌だってたいしてうまくないし、なんだろう、何にもないです、私」

躊《ため》らうセイラの様子を見てイソベマキは「……んっ！　いい！　とてもいい！」と、声を上げた。

「いい、ＴｉｋＴｏｋで見つけても、オーディションで見つけても、一番足りないのはそこなの。私なんかでいいんだろうか？　私の歌なんかみんな聴きたいんだろうか？　その感じが皆無」

「その感じ、必要と？」空豆は尋ねた。

「必要！　ここ意外と必要。重要。私を見て私を見て。私の歌を聴いて私の歌を聴いて、に、ファンはうんざりしてくる。辟易してくる。あなたみたいな佇まいの歌姫、貴重」

「え、じゃあ」音はイソベマキを見た。

「決まり。決めよう。いける。いくよ」

「ホントですか……」音は信じられない思いだった。

空豆は両手を上げてバンザイしている。

「さっそくレコーディングしてMV撮って動画アップして」イソベマキは音に話して、改めて空豆に「で、あんたはなんでいるんだっけ?」と尋ねた。

「おい、衣裳ば作りたか！　そのMVのセイラの衣裳、作りたかとよ。お願いします！」

「お願いします」音が言い、セイラもつられて「お願いします」と、頭を下げた。

「あれ、今、訛った?」音はセイラを見た。ふたりとも空豆につられて訛ってしまった。

「なんか、青春っぽくていいね……仲間、みたいな」イソベマキが眩しそうに目を細める。

空豆はうんうんとうなずいているけれど、セイラは所在なげにしていた。

「ん。こればっかりは、ディレクターの意向もあるから、できた衣裳次第かな」とイソベマキにさらりとかわされたが、「おい、がんばると！」空豆はやる気満々だった。

セイラが左腕に巻いた布製のブレスレットを何気なく触っているのを、音はチラッと気にしていた。


雪平邸の縁側で、空豆は爽介が置いていったお土産の籠を引き寄せて、あれこれと見ていた。でも頭の中ではずっと、セイラの衣裳のことを考えていた。

「おはじき……」

空豆はたまたま手に取ったおはじきを光に透かしてみた。

「きれいじゃ……」

おはじきは太陽の光を受け、七色に輝いていた。


アンダーソニアのコレクション発表の日が近づいていた。アトリエではリハーサルが行われている。スタッフたちがモデルの代わりに服を着て歩き、本番での順番を決めているのだが、久遠は落ち着かない。イメージが固まっていないことを自分でも感じていた。

「えっと、二番と三番入れ替えよっか？　暗い服続かない。どうなの!?　これ、イケてんの？　今度のイベントのショウ、パリコレの前哨戦なわけよ。ここでテンションぶちかまさないと。イケてんの？　俺、終わってないの？」

「全然イケてます、素敵です」

柾が冷静に言ったとき、葉月のスマホが着信した。久遠が素早く反応する。

「なんだよ、仕事中、携帯切っとけよ。誰だよ」

「空豆です」

「ああ、あいつ、まだ生きてんのか？　なんの用だ？」

「え、出ていいんですか？」

葉月は久遠の気が変わらないうちに、電話に出た。

『おはじきの、おはじきの服を作りたか～！』

電話の向こうで空豆が、バーッと自分の考えていることを話し出した。

「おはじきの服を作りたいそうです」

電話を切った後、葉月は久遠に報告した。

「は？」久遠は眉根を寄せた。意味がわからない。だが「面白そうだ」と直感的に感じた。

そして久遠の中に、また嫉妬という感情が湧いた。


音はスタジオのコントロールルームで、『きっと泣く』を歌っているセイラを見ていた。

「あっ、ストップ。さっきと、譜割りがね。今ちょっと違った」とディレクターが指示を出す。

「すみません！」

「ちょっと休もっか」

イソベマキがセイラに声をかけた。

「いえ！　今、歌いたいです！　どこ間違ったたか。わかる。わかったんで、私」

セイラはやる気に満ちた表情で言った。スタッフたちは顔を見合わせて笑顔になった。

「歌えます」

いつになくやる気に満ちたセイラに、音は防音ガラス越しに落ち着いて、とほほ笑んだ。

そして、目立たないように腰のあたりでピースサインを作った。セイラも控えめにピースサインを返してきた。ふたりだけのサイン交換だ。

空豆は葉月に教えてもらったボタン専門店で、おはじきみたいなボタンをいくつか買った。そしてその後、仕事を抜けてきた葉月と合流して生地店に立ち寄り、セイラの衣裳の生地を捜していた。

「洋服は、生地が勝負。ほぼ八割がた生地で決まるって言っていい。でも、空豆ちゃんのこれが一番のおおもと」と、葉月は空豆が描いたデザイン画を指して言う。

「これがなければ、なにも始まらない。ここから、すべてが始まるんだ」

「おいは、シルクシフォンとオーガンジーでいきたかと。シルクシフォンやと、たくさんのボタンをつけるのは難しかかもしれん。生地が沈みよる。ほいじゃ、ギャバジンでいくか。そうなると、セイラの持つやわらかさ、曲の哀しさが出んような気がする。じゃっどん、おはじきみたいなボタンでドレス作るっていう、最初のアイデアには一番適《かな》っとるような気もするがよ」

空豆のアイデアを無言で聞いていた葉月は、少し考えてから口を開いた。

「自分で勉強したの？」

「おいの言っとること、おかしいじゃろか？　やっぱり、服飾学校とか行かんと……」

言いかけた空豆の両肩を、葉月がガシッとつかんだ。

「そんなとこ行かなくていい。空豆ちゃんは、天才だ。天才なんだ。僕にその服作らせて。あ、違う。作るのは空豆ちゃんだ、パターン引くし、素材の提案もする。手伝わせて」

葉月は真剣に頼み込んだ。

生地店を出たふたりは、表参道界隈を歩いていた。空豆がアンダーソニアで働き始めた日に、仕事終わりに来たあたりだ。

「じゃっどん、ええと？　アンダーソニアの仕事は」

「先生に行ってこいって言われたんだよ。先生、空豆ちゃんの服がよければ、今度のパリコレ前の肩慣らし、顧客イベントのコレクションにあげる気じゃないかな」

「まさか」空豆は本気にはしていなかった。「じゃっどん、ここ歩きよると、今はみんなライバルに思えるが。プラダもグッチもヴィトンも、みんなライバルとよ。それらに負けん服ば作る」

「すごいね。空豆ちゃん。いきなりテッペン目指すね」

「あんときは、足がすくんだがよ。憧れるだけやったがよ」

「ああ、前にここ、ふたりで歩いたときね。あれ、まだ、一カ月前だよ。空豆ちゃんのスピードだと、人生、すぐ終わっちゃいそう」

「急がんば！」

「空豆ちゃん、恋なんかしてる場合じゃないよ」

葉月の言葉が、空豆の胸に刺さった。そしてその言葉に励まされるように、言った。

「そじゃね！　恋より服じゃ‼」

　空豆は一心に衣裳を作った。セイラも雪平邸に呼んで試着してもらい、待ち針でフォルムを無駄のないよう、美しく見えるように留めていると、響子が帰ってきた。

「なんでヒロシまでいるの？」響子は、千春はともかくヒロシがいることに驚いている。

「いや、音くんデビューだっつうから。空豆ちゃん衣裳作るっていうから。助っ人よお。猫の手も借りたいっつうからさ」

　ヒロシは若者に交じって楽しそうだ。千春とセイラもすっかり仲よくなっている。


「『きっと泣く』、MVは、セイラだけ顔出しする。それが、たぶん売れる。や、絶対売る」

　イソベマキはMVの絵コンテを音に見せた。

「そして、ベストのタイミングで音も顔出ししていく。本意じゃないかもしれないけど、あなたビジュアルいいから。こういうの、お気に召さない？　曲の力だけで勝負したい？」

「いいえ、ビジュアルでもなんでも、使えるものはなんでも使います。この世界で生き残りたい。一生、僕は音楽で食べていきたい」

　売れるためにカッコつけてる場合じゃない。その自意識は無駄だ。音も覚悟を決めていた。

「……そう。わかった。あ、ちょっと気になることあるんだけど」

打ち合わせを終えようとしていたイソベマキが、ふと言った。

「あの子、セイラちゃん。いつもここに、リストバンドしてるでしょ？」と左手首を指した。

「あ、いや気がつかなかったけど、そうですか？」

「してないとこ、見たことある？」

「どうかな」

本当はとっくに気づいていた。でも音はとぼけた。


衣裳は完成に近づいていた。この日はおはじきのボタンをドレスにつける作業だ。ヒロシや千春、響子も総動員だ。

「すごいね。これ、スカートの布の色、グラデーションさせてる」音は感心していた。

「そう、みんな、順番間違えんでね。こっちから、夏虫色から、浅葱色まで。ブルーのグラデーションったい。そこに、映えるおはじきの色と透明度を選んで配置しとると」

空豆はみんなにおはじきの順番や数を指示した。

「でも、これ洗えなくない？」千春が尋ねる。

「洗えんでもよかよ！一回着られれば。その時間だけ魔法がかかって夢を着ると！」

空豆はテンション高く答えた。

「シンデレラの馬車みたいに。一回着たら消えてなくなる服を作りたいがよ」

空豆の言葉に、響子がいいね、と賛同した。

「だってさ、シンデレラのあの一晩が、何回もあったら興醒めでしょ。一度見て、目に焼きつける服だね」

「いや～、重くないってのが、すごいね。このおはじきボタン」と、ヒロシが言うと「ちょっと私、いいこと言ってんのに」響子がムッとする。そんなワイワイした雰囲気の中、音はセイラの手首をチラリと盗み見た。今日も何かを隠すように布のリストバンドをしている。

「葉月さんと東京中、いんや、ネットで世界中、探し回ったったい。特注も考えたと。じゃっどんそいはお金がかかる」

そして、空豆の熱意でようやく探し出した生地で、空豆はセイラの衣裳を作っている。

「ほら、みんな口動かさないで手を動かそうね。間に合わないよ。徹夜になるよ」

響子が叫び、みんなは気合いを入れなおしたが、空豆はおなかが空いたと訴えてくる。

「ふふ、俺、こんなもの持ってきたよ。蕎麦屋だけに蕎麦焼酎」ヒロシが瓶を出した。

「いいね。何か取ろうよ」響子が提案する。

「あっ、おいウーバーイーツやってみたかと！　えびの市にはないとよ！　なんか、黒いかっこええバッグからって来るとやろ？　スマホで今どこおるかわかるとやろ？　すごか～」空豆は言った。

「田舎者」音がすかさず返した。

「なんと⁉」空豆は音をにらんだ。


食事中に席を立ったセイラは、縁側に立ち、手で顔をパタパタあおいでいた。

「トイレ、わかった？」音は縁側に出て、声をかけた。

「うん。ちょっと、酔っちゃった」

「あの……俺、助けるから」

音は、ずっと伝えたかったことを口にした。

「や、慣れないことで大変だと思うけど、できるだけ、いや、ちゃんと支えるから」

「……ん。私も、すごくやる気。ちゃんと音の曲、大事に歌うから」

ほろ酔いの顔つきをシャンとさせ、セイラは右手を出した。

「握手、したい気分。ダメ？」

ダメなわけはない。音も右手を出し、ふたりは握手を交わした。


茶の間で酒を飲み、みんなと笑っていた空豆は、音とセイラがいないことに気づいた。

ふたりがいない、それだけで空豆の心は寒くなるようだ。けれど料理や酒を勧められ、空豆は笑顔を作った。


食事の後、仕切り直して作業を再開し、ついに衣裳が完成した。

「できた～。着てみて」

空豆がセイラに衣裳を手渡した。

「おお～～～」

着替えてきたセイラは、がらりと雰囲気が変わっている。セイラとおはじきのドレスの衣裳は、互いに美しさを引き出しあっているようだ。みんなはその美しさに、心から拍手を送った。


ＭＶ撮影場所の公園で、空豆がデザインしたおはじきのドレスがスタッフに披露された。

「ええ、いいじゃない‼　このおはじきみたいなボタン？　光の加減でキラキラするよ。きれいだろうなあ」

衣裳を着たセイラを見たディレクターも、太鼓判を押した。空豆のドレスは採用決定となり、「やった！」音はいつになく声を上げ、ガッツポーズをして空豆を見た。

空豆は晴れ晴れとした表情でみんなに頭を下げた。


ＭＶの撮影の前に控室代わりの車の中に戻ったセイラは、左手首にパウダータイプの固形ファンデーションを塗っていた。傷跡を隠すために。でも、うまく隠せずに泣きたい気持ちになっていると「セイラさん」とイソベマキが声をかけた。セイラはハッとして右手で左手首を隠した。

「ヘアメイクさんに言えば、コンシーラーあるから」

「あ……」気づかれていたかとセイラは右手を離した。

「痣とかタトゥーも隠れる強力なやつ持ってるし、あと、それでも目立つようだったら、出来上がりはレタッチで今どうにでもなるから」

「……………すみません」

「ううん。今日、一日、がんばろうね」イソベマキはにっこりと笑った。


雪平邸でセイラは、左手首のファンデーションを石鹸で洗い落としていた。

「大丈夫?」茶の間に戻ってきたセイラに、空豆は声をかけた。この日セイラは撮影途中で倒れ、撮影は中断してしまった。

「過呼吸、たまになるの」

そして、セイラは手首を切った過去を空豆たちに話し始めた。

「お母さんにおまえ気持ち悪い、出てけって言われたとき、頭きて、悔しくて、カットしたけど、根性なくて、深くはないの。そのうち、消える……と思う……」

黙って話を聞いていた空豆は、セイラの左手首の傷にふわりと手を置いた。

「痛い?」

「ううん、もう」

「じゃあ、もうすぐ、心も痛くなくなるよ」

「そう?」

「うん。痛くなったら、おいがこうしてさするったい。ね、音」

「ん……」音もうなずいた。

「ひとりは寂しいから、だれかとつながりたいと思うんだけど、つながったらよけい寂しくなる。ひとりのときがよけい寂しくなる」セイラの言葉に、空豆と音はまた黙った。「きっと、人はいなくなると思う」セイラは不安を口にした。

「ずっといるよ。俺も、空豆も」

黙っていた音が口を開いた。「こいつ、そういうやつじゃん」と空豆を見る。

「この人、どこにも動かんとよ。地蔵のようじゃ。どこにも行かんったい」空豆も言った。

「おまえ、地蔵って。せめてダビデ像とか」

ふたりのいつもの口ゲンカを見ていたセイラが、ぎこちなく笑う。

「信じてよ。ちょっと勇気いるかもしれないけど、信じて。信じて大丈夫だよ、俺ら」

「うん……うん、ありがとう」セイラの目から、涙がぽろぽろ溢れた。そんなセイラを、音は優しく見ていた。

音はセイラが好きなのだなあ、空豆はそんなことを思っていた。今は自分の心の痛みよりも、セイラのことが心配だった。

「泣いて申し訳ない」懸命に笑おうとするセイラの涙を、空豆は指でぬぐった。

「無理して笑わんでよかと。泣きたいときは泣けばいいがよ」

「そう？　みんな笑えって言うじゃない？」

「そりゃあ、笑ってくれりゃあ、うれしいが」空豆が笑いながら言う。

「空豆は、笑顔の人だね」

「そうけ？」

「私は、空豆思い出すとき、いつも空豆笑ってるよ」

「アホじゃ」空豆はまた笑った。

「私が泣いていても、空豆が笑っていたら、いいよね。世界は中和される」

「そういうもんけ？　ほしたら、おい、笑うけん。いくら、セイラが泣いてもいいように。おい、笑うったい」

空豆が言い終わると同時に、セイラが抱きついてきた。空豆はセイラを抱き留めた。

「おいは、母親に捨てられたとよ」

「え？」セイラは身体を離して空豆を見た。空豆は気丈に笑顔を作って、言った。

「私は、出てけじゃなくて、出ていかれたと。四つのときやったかね……もう昔の話よ」

——そのとき、直感的に……。僕は思ってた。この空豆の底抜けの優しさが、セイラを傷つけることになるんじゃないかって。ただの直感。でも、たぶん、当たる。

音と空豆はイソベマキに呼び出され、ユニバースレコードに来ていた。

「また飛ばれると困るのよね。ウチ、ズビダバにやられたばっかじゃん？　それでなくても、この業界、メンタル折れるやつ多いから」

「あの……」空豆は口を開いた。

「あん子の歌を初めて聴いたとき、おい思ったとよ。曇りのような声じゃった。泣きたくなるような声じゃった。じゃっどん、そいだけに、人の心つかむが。人間はみんなそこから動けんとよ。自由になりたかとに。動き出すと壊れてしまうが。はかなすぎるとよ」

「え、おまえ、いつから詩人？」音は驚いて空豆を見た。

「セイラにしか歌えん歌があると、おいは思っとっと。元気で、毎日が晴れ渡る空の下におる人には、多くの人の心を打つ歌が、歌えんのじゃないやろうか？　セイラは唯一無二の、歌姫やないっちゃろうか？」

「あなた……何？　鋭い。あの衣裳もすごくよかった。空豆さん、あなたが売れるかも。一流のデザイナーになる」

「……一流ってそがん、大事なんかね……。娘捨てるほどに」

空豆がつぶやくのを、イソベマキは不思議そうに見ている。そんな空豆に、音の胸が痛んだ。

「俺たちのためじゃなかったろ。ホントは、セイラのためだろ？　セイラが、その……、リストカットの一件から立ち直って一皮剝けるために」

ユニバースレコードの廊下をふたり並んで歩きながら、音は空豆に尋ねた。

「おいは、そげん聖人君子じゃなかよ。みんなのためがよ。ウインウインウインウイン」

空豆はわざと明るい口調で言った。


夕暮れの公園で、MVの撮り直しをすることになった。この日も現場に足を運んでいた空豆は、カットとカットの間の準備の時間、セイラと並んで遊具に腰を下ろした。

「はい。甘いのホッとするよ」空豆はキャンディの包みを差し出した。

「サンキュ……おいし」セイラはキャンディをなめながら、空豆の作った衣裳を指して、

「やっぱり、これ、すごい可愛い」と言った。

「ん?」

「この服、可愛い。なんか、別人……じゃないな、もうひとりの私になったみたい。今まで気がつかなかった。こんな自分がいるんだって感じ。こんな私が歌いたがってるの。このドレス着て、くるくる回りたがってるの」

「よかと!」

「笑っちゃう」

「よかったが……」

「これもありがと……気に入った」

セイラが左手首に巻いたリボンのようなブレスレットも、空豆が作ったものだ。

「ん」うなずきながら、空豆はキャンディの包み紙を折り始めた。セイラは夕陽に照らさ

れる空豆の横顔を見ていた。そして手を伸ばし、空豆の頬にそっと触れた。

「え?」空豆は驚いて、セイラを見た。

「ごめん。あんまりきれいだな、と思って」セイラはすぐに手を引っ込めた。

「よう言うが」空豆はケラケラと笑った。

「できた」

「鶴」

「あげる」空豆は小さな鶴をセイラのてのひらにのせた。

「もらう。器用だね」

「セイラに似てる。シュッとしてきれい」

「ええ、そう? 鶴って飛ぶのかな?」

「えー、飛ぶっちゃなかとー?」

「飛ぶといいなあ」

そう言ったところでセイラは呼ばれ、撮影が再開された。

最初はゆっくり、だが次第に目を見張るほどの速さで、MVの再生数が上がっていく。

浅葱塔子もパリのオフィスでそのMVを、真剣なまなざしで見つめていた。

セイラが着ていたおはじきのドレスを、空豆はアンダーソニアのトルソーにまとわせた。そのドレスを久遠が見ている。空豆は緊張しながら、葉月は祈るような瞳で、久遠の様子を探っていた。

「うん。いいよ。ねえ今度の、コレクション、六番と七番の間に入れようか」

久遠が柾に伝えているのを聞き、葉月は「えっ！」と声を上げた。空豆は声も出ないほど、驚いていた。


「売れた。爆売れ」イソベマキが、向かい側に座った音とセイラに言った。

「一週間でサブスク七百万回再生。いきなりチャート五位。すごい。近代まれに見る。あんまりないこと」

「そう……なんですか？」セイラは信じられないといった様子だ。

「そうなんです……音くん？」イソベマキはフリーズしている音を見た。

「や、ちょっと、現実とは思えない。大がかりなドッキリか、長い長い夢を見ている気がする」

「夢でも、ドッキリでもない。現実よ……ちょっと私も、売れ過ぎて緊張してるの。武者震い？　膝震える。はしゃぐ余裕がないっていうか。会社がパーティーやるそうよ。君らの門出のパーティー」イソベマキは言ったが、音は乗り気ではなかった。

「そのパーティーの費用、宣伝費にかけてほしい。僕はこの曲のためにベストを尽くしたい」

音の言い分にイソベマキは納得し、今度はセイラを見て言った。

「セイラは、保育園やめること考えてほしい。もう片手間では回っていかない」

「……はい」

「すぐにとは言わないよ。そっちの都合もあるでしょ。あと、ひとつ。音くんに、大事なお願いがある」

イソベマキは改めて真面目な顔になり、音をじっと見た。


夕暮れに染まる公園で、空豆はスプリング遊具に乗りながら故郷のたまえに電話をかけていた。

「あ、おいの手紙、着いたね？」

『はい』たまえは短く返事した。大事なことは手紙で伝えろと空豆に教えたのはたまえだ。

「アンダーソニアっていうのは、ばーちゃん知らんかもしらんが、有名なブランドっさ。安心なところとよ。おい、今度その展示会に、おいのデザインした服一着出してもらえるとよ」

『そうね』たまえのテンションは低い。

「……怒っとると？」

『……喜んではおらんかもね』

「許してほしか。ばーちゃんが、ファッションのこと嫌っとるのようわかっとったと。

じゃっどん、おい……」

『ごめん、空豆。夕飯の支度どきやけん。また』

たまえは空豆を遮り、電話を切った。


「夢っちゅうのは、残酷やけん。みんなおらんようになってしまう」

電話を切ったたまえは、ちゃぶ台に置いてある封筒を見た。有名なファッションブランドのアトリエで働き出し、才能を発揮し始めた空豆からの近況報告の手紙だ。その横には塔子の記事が載っている『VONO』がある。

「あんた。どうすんね？　娘がそん気になったとよ」

たまえは、記事の中でほほ笑む塔子に、ため息交じりに問いかけた。


切れてしまったスマホを手にぼんやりしていると、

「空豆！」とセイラの声がした。空豆は振り返り、笑顔を作った。セイラと音が歩いてくる。

「なんか、お似合い、ふたり」

「何言ってんの」セイラは笑い飛ばした。

「『きっと泣く』大ヒット、かんぱーい！」

夕暮れの公園で、手に持った缶ビールを掲げて三人は乾杯した。

「でも、すごかね。ＢＰＭ。紅白行ったりして」

「えっ、私、紅白出たい！」

セイラが、彼女らしくないことを言う。

「あのドレス着て、あの歌があるなら、なんでもできる気がするよ」

「よし！　ふたりが紅白出たら、おい、ふたりの衣裳作りたい！」

空豆も大きな夢を口にした。

「いいね！」セイラが言うと、音はどこか上から目線で「いいよ」と言う。

「約束するが!?　指切り」

「え、指切り？　どうやって」セイラが空豆の目をのぞき込んだ。音はちょっと面倒くさそうな顔をしている。でも空豆はふたりと手をつなぐようにして輪になって、夕陽に染まった指を絡めた。

音とセイラが紅白に出るとき、空豆が衣裳を作る。三人はしっかりと約束を交わした。


空豆と音は、茶の間でパソコン見ていた。『きっと泣く』の再生数は相変わらず驚異的に伸び続けている。いわゆる大バズリだ。

「あ、見て！　衣裳がかわいいっちゃ書いてある」

空豆はコメントを見つけ、声をはずませた。

「いや、その手のコメントめっちゃ多いよ。やっぱ、おはじきのボタンがアイデアなんだよ」

「うれしか～」

「ね、空豆」音は空豆の横顔に声をかけた。

「あのさ、俺、この家出ていく」

「え？」

不意を突かれた空豆がポカンとしているところに、響子が帰ってきた。

「ただいま～。お。いたいた。よかった。今川焼き買ってきた。お茶淹れようか。あ、音くんに久々コーヒー淹れてもら……」

「あの、響子さん。ちょうどよかった。俺、話が」

響子が買ってきてくれた今川焼きを前に、音は切り出した。

イソベマキに、この家を出て会社が持っているマンションに移ることを提案された。提案というより、決定事項だ。音は雪平邸を出ていかなくてはいけない。

「ユニバースの用意してくれたマンション？」響子が尋ねた。

「はい。会社の持ってるマンションがあって。そこに格安で入れるそうです。あ、バイトも辞めます」

「そう。よかったね。よかったじゃない。門出だ」

響子は心から祝福した。

「ホントはここにいたいんだけど」

「あれでしょ。BPM、人気出たから。音くん、同じ下宿人とはいえ、女の子と一緒にいるのはよくないんでしょ？」

響子が先回りをして言う。

「はい。じつは、磯部さんもそれを気にしていて。マスコミとか」

「……気取っとっと」

「空豆」音は挑発的な物言いをする空豆を見た。

「有名人気取りじゃね」

その言い方に、音は反射的にイラッとしてしまう。

「売れるために生活まで変えんといかんと？　おいには、ようわからん」

空豆は立ち上がり、茶の間を出ていった。

「空豆」追おうとした音を、響子が手で制した。

「あの子もわかってるよ。寂しいだけ。ちょっとそっとしとこう」


アンダーソニアのアトリエには外国人モデルたちが集《つど》っていた。久遠はフランス語で挨拶をし、ハグし合っている。

「今度のイベントのコレクションのモデルさんたち。オーディション通過組」

葉月が空豆に説明した。すると久遠が「おい、空豆！」と、手招きした。

「こちら、ナタリー。六番と七番の間。おまえの服、着てもらおうかと思って」

「あ……ハロウ。アイムファインサンキュー。や、ナイストゥミーチュー……？」

「……ヨロシク。ワタシニホンゴデキルヨ」ナタリーは空豆に笑いかけた。


空豆はコタツで菜の花畑の絵を描いていた。夢中になっていたので気づかなかったが、帰宅した音が茶の間に入ってきた。空豆は顔を上げなかったが、音の気配は感じていた。

「菜の花畑ったい。これ、描きあげたら、音にやるとよ」

空豆は黄色の色鉛筆を動かしながら言った。

「俺に？」音が少しうれしそうな声を上げた。

「別れの絵じゃ」空豆は言った。

「さよならの、印」

「あのさ」音はコタツに入ってきた。

「なんじゃらほい」

空豆は手を動かしたまま、わざとふざけた風を装った。

「俺、見て」

音は空豆の手からスケッチブックを取りあげた。

「あ〜、イケメン過ぎて目がつぶれるが。再生回数七百万回の、スターの階段駆け上がるデカフェ見たら、一般人のおいなど目がつぶれてしまうが〜」

空豆はさらにふざけた。

「おまえ、そういうとこほんっと、性格悪いよ」

「悪かったねえ。生まれつきじゃ。生まれたときから、性格の悪か。夜中も泣き止まん。ママんこと、困らせよった」

空豆がやけ気味に言ったちょうどそのとき、玄関のチャイムが鳴った。

「ヒロシでーすっ。大野屋の。響子さんに頼まれて配達来たよ～！」

ヒロシは、音のヒット祝いだと、料理と酒を持ってきてくれた。

「ヒロシさんも上がれば」と音が誘うと、

「あ、ほんと？ じゃ、ちょっと失礼して……なんて、んな気が利かないわけないっしょ。千春に怒られるの。そういうことすると。あ、響子さん今日、これから番台座るってウチでいっぱいひっかけて雪乃湯行ったから」と言って、すぐに帰っていった。響子も千春もヒロシも、ふたりだけの時間を作ってくれたのだ。


ヒロシが持ってきてくれた料理を並べ、ふたりはぎこちなく乾杯した。

「ママと一緒に、福岡行ったがよ」

空豆は四歳のときの話を始めた。音は「うん」と静かにうなずき、聞いている。

バス停のベンチから一面の菜の花畑が見えた。塔子が「見て、空豆。きれかね」と空豆に顔を寄せてきた。

「すごか〜。すごかや〜！　なんて名前と？」空豆は目を輝かせた。

「なのはな。な、の、は、な」

「なのはな？」

「忘れんように書くね」

塔子はバッグからメモ帳とサインペンを出した。デザインを描き留めておくものだ。

「ここに書いて。ここに」空豆はてのひらを差し出した。

「え、ここに？」塔子は空豆の手をとって『なのはな』と書いた。

「くすぐったか〜！」空豆は身をよじらせてケラケラ笑った。

「今日、お風呂入るとき、消すんよ」

「うん！　え、今日、お風呂一緒に入らんと……？」

いつもお風呂は塔子と入っていたのに。四歳の空豆はなんとなく不安になった。


空豆は記憶をたどり、音に話し続けた。

その後、空豆と塔子は電車で福岡に向かい、博多の商業施設で空豆がトイレから出てきたときには塔子はいなくなっていた。

「ママー。ママー。ママはどこと？」と捜していると塔子の妹、のりこが現れ、「空豆ちゃん。おばさんとよ！」と言って両手を広げ、空豆を抱きしめようとした。

「いやじゃー。ママーママーママー！」

空豆は泣き叫んだ。

「それっきりじゃ」

ヒロシのごちそうを口に運びながら、空豆は酒をグイッと飲んだ。

「……お父さんは？」

「画家やったが。おいがまだ赤ん坊んころ、モデルの女ん人とどっか行ってしもうた。バチが当たったかねえ？　その一年後に病気で死んだと」

「……そう」

「よかね。昼間っから飲むの。大野屋におったときは、昼間っからいっぱいひっかけて蕎麦食べてる人がおって、かっこいいがよ」

空豆は話題を変えた。

「ねえ、空豆は、自分がファッションデザイナー目指すことに、迷いはなかったの？」

「あったよ。あん人と、娘捨てた人と同じ職業じゃ。じゃっどん、勝てんやった。オスカーデラレンタの魅力に取りつかれてしまったとよ」

「……空豆、強いね。明るくて、強くて」

「強くないがよ。音が一番、知っとるやなかね？　あの黒い川面。よう忘れんがよ」

空豆の言葉に、音はハッとしたような表情になる。

「あんたがおいを、この世につなぎとめるがよ」

ふたりはどちらからともなく箸を置き、縁側に腰を下ろした。

「ほやけど、強くなりたい、思っとると。なるべく、笑おう、思っとると。明日は、いいことあると思っとっと。ほしたら、音みたいな人に会えた」

空豆は音を見て笑った。でもその瞳は、涙で濡れている。

「音、出て行くとやね？」

「さっき言おうとしたことなんだけど」

「なんね？」

「変わんないから。離れても、俺たち、なにも変わらない。俺も。俺たちの関係も」

一生懸命に話す音を、空豆は見つめた。ふたりはすぐ近くで、お互いの目を見ていた。

緊張感をはらんだ重苦しい空気に耐えられず、空豆は先に目を逸らした。


「あっ、ヒロシ、キンキの煮付け、火にかけとったと」と立ち上がり、空豆は急いで台所へ向かった。

音はノートパソコンを立ち上げた。再生回数が七百八十万回近くなっている。

「伸びとると？」空豆が戻ってきて、すごかー、とのぞき込んでくる。

「あれ、なにこれ？　線香花火」

音がふと見ると、爽介が置いていった籠に線香花火があった。

「花火と？」

「なんか懐かしい」そう言って線香花火を見せる音に、空豆は笑顔を返した

その頃セイラは自分の部屋でパソコンを立ち上げ、『きっと泣く』のMVを見ていた。そして机の上に置いてあった包み紙の鶴を手に取った。両手で大切に包んで、そっと唇に当ててみる。

「空豆……」

セイラは空豆が折った鶴を見つめた。

すっかり酔いが回った音は、縁側でひっくり返っていた。空の上半分は群青色で、下のほうがオレンジ色に染まっている。

「あ、ねえねえ。おいの住んどる霧島連山の花火ったい」

パソコンで動画を検索していた空豆は、音に声をかけた。

「ふうん」

音は夕陽に包まれるように、眠っている。

「見んとね？」

空豆は口をとがらせながら、音のほうにやってきた。

「見てる。頭ん中に見える。音がする」

音は動画の音を聞いて言った。

「おいも、真似しよ」

空豆は音から少し離れたところで仰向けになった。

「向こうに霧島連山が見えると。おいは浴衣着とるがよ」

空豆は天井を見つめて言った。

「どんな浴衣？」

音がふにゃふにゃと言う。

「ばーちゃんが作ってくれよらした。紺地に朝顔の花が舞いよらす」

「きれいだろうね」

「音も着るがよ」

空豆はばっと起き上がって音を見た。

「持ってないもん」

音は薄目を開けて空豆を見る。

「おい、そんころには、浴衣くらい作れると」

空豆はふたたび寝っ転がって、目を閉じた。

「芝生に寝っ転がって見とるごたあ。真上に花火の上がるったい」

「いいね」

「夏に、ホントに、音と見たか」

「ぜひに」

「ホントけ？」

話しているうちに、空豆の手が音の手に当たった。空豆が引っ込める前に、音のてのひらが空豆のてのひらをつかまえた。

「こうして、花火、見ようよ」

「ん……」

オレンジ色が刻々と濃くなっていく縁側で、ふたりはしっかり、指を絡めた。

――僕たちは、夕暮れに手をつないだ。夏の花火を夢見ながら。

――でも、僕たちに、夏は来なかったんだ。ふたりの夏はなかったんだ……。

8

いよいよコレクションデビューの日がやってきた。

空豆は舞台袖から、ランウェイを見ていた。空豆の横では、久遠が自らデザインしたアンダーソニアのドレスを着たモデルたちを、次々とランウェイに送り出している。舞台袖では、次を歩くモデルたちが並んで待っている。

ついに空豆のデザインしたおはじきのドレスの番が回ってきた。

「ソラマメ、私、オーケーッ？」おはじきのドレスを着たナタリーが尋ねてくる。

「あ、チークをもう少し」空豆が言うと、ヘアメイクの女性がナタリーの頬にチークを足した。空豆はナタリーのドレスをチェックし、裾をふんわりとさせた。

「じゃ、よろしくお願いします」

「ラジャ」おはじきのドレスを着たナタリーが、暗い舞台袖からスポットライトの中へと歩き出す。

「デビューだな」久遠が背後から、緊張している空豆の肩をポンと叩いた。

「え？　はいい」空豆がうなずくのと同時に、わあ、と大きな歓声が聞こえてきた。ランウェイを歩くナタリーに、会場じゅうが今日一番かと思える感嘆の声を上げていた。

空豆は興奮していた。そして、これが自分の「天職」なのだと確信した。


音はセイラとユニバースレコードの会議室にいた。

「テレビ決まった」打ち合わせの最後に、イソベマキが突然言った。

「えっ」音は声を上げ、セイラはぽかんとしていた。

「『CDTVライブ!ライブ!スペシャル』。音くんは、そこで初顔出し」

あまりに急な話に、音もセイラも今ひとつ実感が湧かなかった。ふたりの反応の薄さにイソベマキはイラついて、「あんたたち、この枠を取るためにどれだけ私が苦労したと思ってんの」と嘆く。

ふたりはあわててイソベマキに精一杯の感謝を伝えた。


週末、音は引っ越しの準備を手伝う空豆に、テレビ出演が決まったことを話した。

「えっ、テレビ!?　すごかねー」

「そこで俺も顔出してく。すぐ言いたかったんだけどさ、空豆もショーとかで忙しかったじゃん」そう、空豆には真っ先に報告したかった。

「LINEでもよかやろ?」空豆は素っ気ない。

「それは、ほら。顔見て言いたいじゃん」

音は段ボール詰めの作業の手を休めずに言った。

「顔見ちょらんが」

空豆はからかうように、音の前に回り込んだ。「ほれ、ほれ、顔」と、自分の顔見せようとする。

「うざ」音は苦笑いを浮かべながらよけるが、空豆はしつこく迫ってくる。はしゃいでいるふたりの作業は滞っている。響子が二階へ上がってきて言った。

「おいこら、ひと休みしない？　え、引っ越し、し明後日じゃない？　まだこれ？　間に合う？」響子は雑然とした音の部屋を見て呆れていた。

「大丈夫です。試験日の前日にがんばるタイプなんで」

音の言い訳をいぶかしがる響子に、続けて、

「あ、俺、コーヒー淹れます」と言うと、響子は「茶の間で待っている」とうれしそうに一階へと下りていった。

「響子さん、音の淹れたコーヒー飲みたかとよ。おいしかもん」空豆は言った。

「あ、俺、空豆に頼みあったんだ」

「ん？」

とりあえずコーヒーと、ふたりはいったん、作業の手を止めた。

台所でコーヒー豆を挽きながら、音は空豆への頼みごとを口にした。

「テレビで着る衣裳をおいが!?」空豆は音を見た。

「うん。セイラのたっての頼み。空豆の作った衣裳着てると、緊張しないんだって」

「おいでいいんけ？」

「うん、俺らふたりの衣裳だよ」

「おい、がんばるが！　あっ、響子さんに言ってくる」と空豆は響子のもとに行った。

「響子さん、ビート・パー・ミニット、テレビ、出るがよ！　おい、衣裳作るが！」

「えっ、音くん、テレビ出んの？」響子も声を上げ、ふたりで盛り上がっている。

「コーヒー飲みながら、自分で言おうと思ったのに……」

音がつぶやいてると、空豆がきらきらした笑顔で戻ってきた。

「おめでとうってっ」

「ありがとう」

まったくもう、空豆の笑顔にはかなわないと音は思った。


セイラは家でパソコンを立ち上げた。みんなで撮った写真を表示させ、トリミングを始める。そして、空豆と自分の部分だけを切り取った。うまくできたと納得し、セイラはその画像をフォルダに入れた。

パソコンの脇には、空豆の折ってくれた折り鶴がちょこんと置いてあった。


アトリエの久遠の部屋で、空豆は彼のデスク横に立っていた。自分で呼んだくせに、久遠は複雑な表情を浮かべ、なかなか用件を言い出さない。

「なんですか？」

「おい、空豆」久遠はチッと舌打ちして言う。

「この前の俺のファッションショーに、淀橋美代《よどばしみよ》が来てた」

「誰とですか？　そいは」

空豆の反応に、久遠は目が点になっている。

「日本のアナ・ウィンターと呼ばれてる淀橋美代だよ。通称淀君」

「ほおっ。って、アナ・ウィンターち、なんですか？」

米国ファッション雑誌の伝説の編集長だが、空豆は知らない。

「おい、葉月〜！」久遠はもうお手上げだ。「おまえ、こいつに何教えてた？　こいつサルのままじゃねーか？」

「あ、俺、教育係ですか？」葉月は自分を指さしている。

「いいか、その淀君がだぞ、大手セレクトショップのバーローズと組んでおまえのコレクションやりたいって」

「えっ？　おいがコレクション⁉」

空豆は今ひとつ、ことの重大さがわからなかった。でも葉月がとびきりの笑顔を見せてくる。ようやく実感が湧いてきた。

「やたーーーっっっ」空豆のはしゃいだ声がアトリエに響いた。

だが、葉月以外のスタッフはだれひとり面白くは思ってはいなかった。もちろん久遠もだ。そして、そのことに空豆は気づいていなかった。

スタッフたちが帰った後、久遠はひとり、アトリエに残っていた。壁に飾ってあるモネの『散歩 日傘をさす女性』の複製画をじっと見つめ、考え込んでいた。

「♪動き始めたマ～イレボリューション ♪明日を変えるこーとさー」

そう響子は替えて歌って、ホイホイとお手玉をやっていたが、ぴたりと手を止めすべてのお手玉をキャッチした。

「みるみるうちに明日が変わってくのねえ。ふたりとも出てっちゃうのね」

「ちょ、響子さん。おいは出ていかんと」空豆はすぐに否定した。

「小さいファッションショーが決まっただけと」

「すごいじゃんっ」音が声を上げた。

「すごいっ」と響子はお手玉を籠に戻しに行きつつ、庭を眺めた。

「もうすぐ桜も咲くねえ。コタツもしまわないと」

もう三月。今月の終わりごろには桜も咲くだろう。

「もうちょっと！　もうちょっとこのままでいいと！」

空豆は声を大にして言った。響子はそんな空豆を見て眉を下げて笑った。

その夜、空豆はコタツでデザイン画を描いていた。音はパソコンを持ってきてコタツに座り、『きっと泣く』の「CDTVライブ!ライブ!スペシャル」用のアレンジを考えていた。

「コレクションテーマ……」音がひょいと空豆のスケッチブックをのぞく。

「そうじゃ。コレクションっちゅうのは、テーマがいるんじゃ」

「へーえ。たとえば……春の海、みたいな?」

「ダサか。関取か」即座に切り捨てた空豆の脚を、音はコタツの中で蹴った。

「イタ」空豆も蹴り返す。

「百倍で蹴り返してない?」音は顔を歪めてつぶやいた。空豆は知らん顔だ。

風呂上がりの響子が茶の間に入ってくると、ふたりはコタツで眠っていた。手を伸ばせばすぐに届くのに、ふたりはいつもこの〝90度の距離〟を保っている。隣り合うでもなく、向き合う位置でもない。

「なんかもう、この子たちは……」やれやれと、響子は穏やかな笑顔で見つめていた。

翌朝、アンダーソニアに出勤した香織は、チョコレートの空箱を見て声を上げた。

「えっ、先生。このチョコ、買って来たの昨日ですよ、一日で全部食べちゃったんですか?」

「だって、浮かばねーンだよ！　なんにも、なーんにも、出て来ないんだよ。すっからかん！　甘いもん食べてるとさ、俺の頭は、動き出すんだよ！　ドーピングみたいなもんだよ！　でも、なにも出てこねえ」

やけになっている久遠の机の周りを、柾が黙って片づけ始めた。散らかった部屋は、久遠の心の中そのものだ。

「大丈夫ですか？」柾が心配し、声をかけた。

「大丈夫じゃねーよっ。大丈夫だったときなんか、1回もないんだよ！　コレクションのたびに、命ちょっとずつ減ってくんだよ」

「先生……次のコレクション、スキップしたらいかがでしょう？」

「はああ？　一回でも休んだら、十年遅れを取るんだよ！　俺の場合は『終わり』。ジエンド。それがこの世界だろっ」

怒鳴り散らしながら、久遠は「おいっ、葉月」と呼びつけた。

「はい」自分の仕事をしながら、ずっと久遠の様子を気にしていた葉月は即座に反応した。

「おまえさ、豆粒のほう、手伝ってやれよ」

「え？」葉月は久遠の申し出を意外に思った。こんなことは初めてだ。

「俺はデザインまだ一個もないんだもんよお。おまえいても、パタンナーいても、仕方ねーだろ」

久遠はすっかり意欲を喪失していた。

茶の間のコタツで音は作業していた。頭に浮かぶ歌詞をノートに手で書き込んでいた。歌詞だけはずっと手作業だ。左手に言葉が降りてくる、音はそう思っていた。そして左手はときどき自分が意識していない、音の心のうちを綴る。空豆への思い。迫ってきた空豆との別れの日……。新曲『朝の向こう』の歌詞の原型ができていく。

響子は集中して作業をしている音の様子を見て、いたずら心で、そろりそろりと近づいて、後ろからパッと音の目で覆った。「だーれだ」と声をかけようとしたとき、

「……。空豆、俺さあ」と音がためらいがちに、話し始めた。

「ここ、出てく前に言っとく」

まずい。告白だ。響子はすぐに名乗り出ようとしたけれど、タイミングがつかめない。

「俺さ、おまえのこと……空豆のこと」

そのとき、小さな虫が響子の顔の前に飛んできた。響子はムズムズして、ぶわっくしょん！　とくしゃみをした。

「────！」

音はその声音に驚き、絶句している。

「聞いてない。なんにも聞いてない。俺さ、おまえのこと、まで」響子は必死で言い訳した。「〝俺さあ、おまえのこと……〟の続きは、ありとあらゆる可能性があると思う。多種

多様の言葉が」

「……たとえば、どんな？」

「……俺さあおまえのこと、ずっとサルだと思ってたけどやっぱイノシシかな……あ、つまんなかった」と響子は自分でツッコんだ。音はそんな響子を気まずい思いで黙って見ている。

「いや。や、音くん。音。ちゃんと空豆に言ってあげて。言おうとしたことを。明日でしょ？引っ越し」

「はい」

そう、明日しかない。音は決意を胸に、うなずいた。


家に帰る途中の道で、空豆は自動販売機を見つけてオレンジジュースを買った。見上げた空はオレンジジュースと同じような色に、いつの間にか染まっている。そのまま歩いて、富ヶ谷の歩道橋の上でプシュッと缶のタブを起こした。

「あ……」空豆はひらめいて、声を上げた。


帰宅した空豆は、そのまま茶の間でせっせとデザイン画を描き始めた。〝90度の距離〟にいる音はノートに書いたフレーズを確かめながら、パソコンに歌詞を打ち込んでいく。

しかしその作業は上の空になっていた。空豆のほうをチラチラとうかがって、思いきって口を開いた。

「あ、あのさ」言葉を続けようとしたその瞬間、空豆がバッと顔を上げて、ふたりは目が合った。音の言葉は途切れた。

「おい、今日、思いついたと」空豆が先に話し出す。

「え?」

「今日さ、オレンジジュースのプルリング開けたとき、ふわっと、柑橘系の匂いがしたとよ。そんときに、音と缶ジュースの缶、投げっこしたこと思い出したとよ」

「あ……あったね、そんなこと」

出逢ったころ、翔太に失恋した空豆に、音は自動販売機のオレンジジュースをおごってくれた。そして夕暮れの川辺で、遠くのゴミ箱に入れようと何度も何度も空き缶を投げた。空豆にとって忘れがたい場面だ。


「そんで、コレクションテーマが浮かんだとよ」

「なに⁉」思いを伝えなければいけないことよりワクワクが勝ってしまい、音は身を乗り出した。『Do'nt……』空豆は紙にペンで英文字を書きはじめた。

「英語?」

「ん……英語にしたと」

「Do'nt remember days. Remember moments.」

音はそれを読んで、言った。

「えと、日々を思い出さないで。瞬間を思い出して」

「そうじゃ、そんな感じじゃ。忘れられん瞬間とか、あるやないと？　日々やなか、瞬間と！　その瞬間を服にする」

「へー。なんかカッコいいじゃん」

「そじゃろ？」空豆はスケッチブックに顔を戻した。

「あの……俺さ、空豆」音は真剣な顔つきで言った。

空豆が「ん？」と顔を上げたとき、音のパソコンがピコンと音を立てた。

「あ、『きっと泣く』の動画にメッセージだ」

「ファンと？　音のファンと？」

音は一瞬息を呑み、集中してそのメッセージを読んでいた。

「長いファンレターと？」

「空豆にだよ」

「え、おいに？」

「おはじきのワンピース褒めてる」

「ああ、たまにあるがよ」空豆は音の横に来た。でも音はすっとパソコンを閉じた。

「なんで？　なんかディスっとると？」

「エンドクレジット見たのかな。衣裳デザイナーの浅葱空豆さんへって書いてある。浅葱塔子さんからだ」心を整えてから、言った。

「え……」空豆は、これまで音が見たことがないような、真剣な顔つきになった。

「浅葱塔子……お母さん、だよね？」

「見せんね」

空豆に言われ、音はパソコンを向けた。

『空豆さん。私は、浅葱塔子といいます。あなたのデザイン、とても素敵でした。これからも、がんばってください。何かあったら、連絡を』

読み終えた空豆は、しばらくぼんやりとしていた。でも次第にその顔つきが険しくなってくる。

「メールアドレスと、電話番号、書いてあるね」音が言うと、

「消すが」空豆はメッセージを削除しようとしていた。

「えっ、なんで」

「今さら、なに言っとるかわからん！　ゴミ箱行きじゃっ」空豆は感情的になっている。

「やめろよ、ダメだよ」ふたりは揉み合った。音はスマホを取り出して、なんとかスクショに成功した。

「お母さん、連絡先わかんないんだろ⁉　いつか欲しくなるときが来るかもしれない」

「――来ん。そんなもんは来んっ」

「じゃ、いいよ。俺が空豆のゴミ箱だよ。だから、ゴミ箱に捨てたってことで」

音が主張するのを、空豆は渋々受け入れた。


自室に戻った音はベッドにドサッと大の字になった。明日の朝には雪平邸を出ていく。

部屋の中は段ボールばかりだ。

「あのタイミングで、言えねー」

天井を見上げながら、音は大きなため息をついた。

「俺のことどころじゃないだろ」と寝返りを打った。


同じころ、空豆も自分の部屋で眠れずにいた。

『これからもがんばってください。何かあったら……。何かあったら連絡を……』

頭の中に強烈に焼き付いてしまった、塔子の言葉をリピートしていた。

四歳のとき、空豆と塔子は家の近所のバス停でバスを待っていた。すぐ近くに、菜の花が咲いていた。

「かわいかねえ。よう、似合う」塔子は空豆の髪に菜の花を挿してくれた。

「これなんの花と？　なんて言う名前と？」

「なのはな。な、の、は、な」

「なのはな？」

「ん、忘れんように書こかね」

塔子はいつも持っていた小さなメモ帳とサインペンを出す。

「ここに書いて。ここに」

空豆はてのひらを広げた。

「え、ここに？」

塔子はちょっと迷っていたけれど、空豆の手を取って『なのはな』と書いた。

「こしょばか～！」

ケラケラ笑う空豆に、塔子は「今日、お風呂入るとき、消すんよ」と言った。

「うん！」と元気に返事をしたけれど「え、今日、お風呂いっしょに入らんと……？」と
空豆は心細くなってしまった。

そして空豆が塔子と電車に乗って行った福岡で、塔子はいなくなってしまった。

「ママー。ママー。ママはどこと？」

あのときの絶望が、何年たっても忘れられない——。


空豆は部屋を出て、階段を見上げた。二階は音の部屋。明日には音はいなくなる。空豆は階段を上った。でも、途中から進めなくなり、階段に腰を下ろして膝を抱えた。

「もう、寝てしまったとやね」

振り返って音の部屋のほうを見てみると、もう電気が消えている。

「なんでこんなときに、出て行くと……」

空豆は涙をぬぐった。


翌朝は、真っ青な空が広がっていた。

「はいー、バックバック」

引っ越しを手伝うヒロシが、雪平邸の前に車をつける音が聞こえてくる。寝不足の音は、荷物を手に茶の間に下りてきた。

『今まで世話した！　あんたはそれに応えてくれた！　がんばれよ！　いつでもごはん食べにおいで。響子』

コタツの上に置いてあった手紙を、音は手に取った。玄関に行き、ヒロシにすいません、と、頭を下げる。

「こいで全部？」

「はい、おおかたもう、運んでしまってるんで」

「響子さんは？」

「これ一枚」手に持っていた置き手紙をヒロシに見せた。

「らしい。あれ、空豆ちゃんは？」

「この時間に、あいつ起きてこないっす」

音は時計を見て言った。まだ八時だ。

そのとき「おーとーっ！」と呼ぶ声が聞こえてきたので、音は庭に出て上を見た。空豆が二階の窓から顔を出している。

「ビート・パー・ミニット　前途を祝福して！」くす玉を持っている。勢いよくくす玉を割る空豆を見て、ようやく音も笑顔になった。

「バーイバイ！　売れなくなって帰ってくんなよ！」

空豆は笑っているけれど、その声には涙がにじんでいる。つられて音も涙ぐみそうになる。

「おまえもがんばれよ！」

「……なんて名前とー!?」

空豆が叫んだ。

「なんだよ、それ」

いつだって空豆は唐突に変なことを言う。音はくすっと笑った。

「おい、思い出してしまったけん。初めて会うた日に、こうして上から聞いたと、名前聞いたと。なんて名前とー？」

東京で出逢った夜、空豆はホテルのバルコニーから音に向かって叫んだ。

「音ー！」音はあの夜と同じように自分の名を叫んだ。

「おいは、空豆ー。あんときから、もう一回、やりたい。楽しかったけんね。あのときから、今まで、おい楽しかったけんね」

「ああ！　こっちも面白かった。おまえといると人生、退屈せんわ！」

「関西弁」空豆は音の関西弁を指摘して笑ったかと思えば、くしゃっと泣き顔になった。

それでもがんばってまた笑い、両手に持ったロケットバブルガンのトリガーを弾いた。無数のシャボン玉が、音の上に降ってくる。青い空を透かしてきらきらと七色に光っている。

シャボン玉を見ていると、音の頭の中に、さまざまな空豆の表情が浮かんできた。噴水で水を浴びた空豆、お手玉を投げ合ったときの空豆、雪乃湯の掃除でシャワーを頭から浴びてずぶ濡れになった空豆。どのシーンの空豆も子どもみたいに無邪気で純粋だった。

そして、いつの夜か、茶の間で、音にキスした空豆。

あのとき、本当は、音は起きていた。


車に乗り込んだ音は、鼻をすすりあげた。ヒロシは素知らぬふりして、鼻歌まじりにハンドルを握っている。ヒロシが放っておいてくれるのに、音は照れくさくなって口を開いた。

「なんか、花粉症……かな」

音はこぼれそうになる涙を指でぬぐっていた。


――数日後。音は新居のマンションで段ボールを開けていた。引っ越し直後から「ＣＤ

TVライブ！ライブ！スペシャル」のパフォーマンスに向けてのリハーサルがあって忙しく、なかなか片づけが進まない。何個目かの段ボールを開けたとき、隅っこに鮮やかな色の布が見えた。引っぱり出してみると、お手玉だ。空豆が入れたのだろう。てのひらの上のお手玉は、夕暮れ時のほのかな太陽の光に照らし出されている。音はしばらくの間、お手玉をじっと見つめていた。

ある夜、音はユニバースレコードのリハーサル室で、新曲『朝の向こう』のデモをセイラに聴いてもらった。

「いい感じ」

「いまひとつ、歌詞がねえ……」

「ね、ここ、〝夢の轍《わだち》に押しつぶされた花にも命があったでしょう〟、とかどう？」と提案したものの、セイラは「あ、ごめん」と口をつぐんだ。

「セイラ、もしかして、歌詞書ける？」

「あ……じつは、ちょっと」とセイラは自分のパソコンを立ち上げた。

「え、見せて見せて」

「えっとね……どこだっけ？」

セイラは遠慮しているのと、パソコンを使い慣れていないのとで、焦っている。これかな、とファイルを開けると、何枚もの空豆の写真が表示された。セイラがハッとして閉じようとしたとき、リハ室にイソベマキが入ってきた。

「ごめんごめん。どう、新曲、歌詞できた？」

イソベマキは、なんとなく雰囲気がおかしいことに気づき「ん？」と、ふたりを交互に見た。


休日の午後、雪平邸の茶の間では、空豆と響子がコタツを片づけようとしていた。

「寂しかねえ。おい、この丸いおコタ好きとよ」

掛けぶとんはもう外されて、畳んである。

「あ、お手玉」響子はコタツの脚が踏んでいたお手玉を籠に入れた。

「あれ？　お手玉、四個。一個足らない……。もしかして」

「おいは知らんばい。勝手について行ったとよ、音に」

空豆はいたずらっぽく笑った。


空豆は葉月と表参道のカフェに来ていた。

「ほいでも、ホントにいいとかね？　久遠先生の仕事」

「んー、まだ、デザインの影も形もできないから、俺いてもすることないし。豆粒手伝ってやれって。俺の顔見てると、急かされてるみたいでイライラすんだって。いないほうがいいんだよ」

「そがんね」

「で、空豆ちゃんのほうはどうなの？」

「見んね」空豆は持ってきたとスケッチブックをさしだした。

「いいの？」

「いいと」

「すげえ、もうできてんじゃん」パラパラめくりながら、葉月は驚いている。

「それの、十倍はあっと。百スタイル以上書いたとよ。そん中の、いいのの抜粋じゃ」

空豆のデザイン画を確認した葉月は言った。

「――。俺、決めた。おまえについてく」

「いいのあったと？」

「これとか斬新」

葉月は透明のビニール地に深紅のドレープが鮮やかなドレスを指した。空豆も一番気に入っていて、セイラの衣裳にどうかと考えていたものだった。

数日後、空豆は葉月と一緒に、ドレスのデザイン画を持ってユニバースレコードを訪ねた。音も打ち合わせに同席すると葉月から事前に聞いていて、空豆は、なぜだか緊張していた。打ち合わせ室にはイソベマキと共に、音とセイラが入ってくる。よく知ったふたりなのに、ふたりはスターのオーラを纏《まと》い始めているようで、それが空豆にはまぶしく映った。

「んー。悪くない。いいかも」

空豆のデザイン画を見てイソベマキが言う。

「おはじきのドレスを、みんな動画で見とるけん、それとはガラっと変えて『きっと泣く』だから、涙を二粒です」

「涙を、二粒?」イソベマキが空豆を見る。

「はい。今度はふたり分の衣裳を作るとやろ? 落ちる涙のしずくをモチーフにしてみた」

「ホログラムに光るフィルムを合わせて使うことで、いろんな涙が表現できます」葉月がデザインの補足説明をする。

「なんかよさそう。斬新」イソベマキは葉月を見た。

「あ、考えたの、こっちです。天才です。こいつ」葉月が空豆を指す。

「え、やめなっせ」

「これから絶対伸びます」葉月は断言した。

「ふふ。そういう人いると、伸びてくのよ。人って」イソベマキは目を細めた。「そばに理解者がいるかどうか。それが一番、大事。ナマモノだから才能って。ビート・パー・ミニットのふたりはどう? このデザイン」

「すごい素敵です!」言いたくてたまらなかったのか、セイラは食い気味に言った。

「あ、俺もいいと思います」音は一拍遅れて言った。そのクールな言い方に空豆は少し傷ついた。チラリと見ると、音はセイラと話しながらほほ笑んでいた。

「なんか、他人行儀やった」

誰かに話を聞いてほしかった空豆は、打ち合わせの帰りに千春の部屋を訪れた。

「音くん？」

「ん……。音が家出てってから、初めて会うたのに、なんや、遠かったと」

「そりゃ、一緒に住んで、毎日、顔合わせてるときのようなわけにはいかないかもね」

「なんも変わらんち、言ったのに。ウソけ？」

空豆は千春の背中に抱きついた。

「寂しいの、こっちだよ。空豆ちゃん、ちょっとずつ方言少なくなってってない？」

「そんなことないが？」

「コレクションなんてやっちゃってさ。有名になってさ。遠くに行かないでくれよ。また、『大東京』、着てくれよ」

「あ。今度のコレクションに、ちーちゃんイメージしたドレスあるがよ。コレクション終わったらちーちゃんにプレゼントすると」

「えっ、ホント!?」急に顔を上げたので、空豆の顎に千春の頭が直撃した。

「痛い……」目から星が飛び出しそうだ。

「今の、ホント？　うれしい！　めっちゃ、うれしい！」

千春は心から喜んでいた。こうやって、目の前の人が幸せな顔をする。それがファッションの持つ本当の意味だと、空豆は実感した。


空豆がコレクションデザインを考えるため、ボタン見本を借りようとアンダーソニアのアトリエを訪ねると、「あ、いいよ。好きなの、好きなだけ持ってって」と久遠はあっさりと言う。

「借りてってよかとですか？」

「うん。かまわない。返してね～」

心ここにあらずといった感じだ。ほかのスタッフたちは、それぞれ自分の仕事をしていた。空豆は棚からボタン見本を出した。

「ねえ、ラフ・シモンズ、ラフ・シモンズやめたってよ」

久遠はひとりごとのように言った。

「桐島、部活やめたってよ、って映画あったよね」

「知らんですが」空豆はラフ・シモンズが誰かも知らない。

「部活やめるくらいに、気楽に、やめられたらいいよな～」

「ラフ・シモンズさんは、なんでやめたとですか？」

「知らん。二十七年の長い旅が終わったって。自身のブランド終了」久遠は投げやりに言う。「おまえは、いいよな。始まりのほうにいて。俺はさ、終わりのほうにいるよ。確実に」

「そこにおらんとできんこともあるとやないですか？　そのときどきで作る服が……」

「うるせー！　田舎もんのサルが、イノシシが、この世界に入って、まだ一年もたってないやつが、俺に意見してんじゃねーよ！」

「すんません！」

怒鳴られた空豆は頭を下げた。作業していたスタッフたちの視線が集まる。

「や、悪かったよ。デカイ声出して。そこのクライアントからの差し入れ、持ってけよ」

久遠は高級なお菓子を空豆に差し出した。


その夜も、久遠はアトリエに残っていた。とっておきのブランデーを棚から出してきたが「酒……飲んだら終わりだよなあ。負け、確定」と飲まずに戻した。

自虐的に笑ったり、ため息をついたり、自分の感情がコントロールできない。ふとデスクの上を見ると、かわいいトートバッグが置いてある。空豆の忘れ物だ。

「なんだ、あいつ。ボタン見本と菓子持ってって、大事なもん忘れてってたよ」と、トートバッグからはみ出しているデザイン帳をなんとなくめくってみた。

『Don't remember days. Remember moments.』

デザイン帳の一枚目に書いてあり、めくると空豆のデザイン画があった。セイラの衣裳だ。

久遠は頭をガツンと殴られたような衝撃を受けた。ぼんやりとしていた頭が覚醒した。

「なんだよこれ。なんだよこれ……！」

久遠は夢中になってページをめくっていった。


トートバッグをアトリエに忘れたことに気づいた空豆は道を引き返した。

「すみませんでした～」

「おおー。大事なもん忘れんな～」

久遠はトートバッグを持ってアトリエから出て行く空豆を、苦い表情で見送った。


夜、音とセイラはユニバースレコードにいた。ビルの上階からは東京の夜景が一望できる。ふと、セイラが音に尋ねてきた。

「ねえ、考えたことある？　音くん。再生数、何十万回とかって出るじゃない？　あれさあ。数字に見えてくる。ただの数字に見えてくる」

セイラはいったい何を言いたいのかと、音は黙って話の続きを待った。

「でもさあ、一再生回数は、ひとりの、だれか、ひとりの人が、パソコンの前に座って、わかんない、電車の中で、スマホで、どこかのだれかが仕事帰りにビート・パー・ミニットを聴いてるんだよね。そう思うとありがたい。私の歌なんか」

「ホント。俺の曲なんか」音は言い、セイラと笑い合った。

「空豆ちゃん、あの人のこと好きなのかな。葉月さん」

「え？」

「あ、ごめん」

セイラの言葉は音の胸に小さな鋭い針のように突き刺さった。


「行ってきます。これ返してきます」

空豆は、久遠に参考のために借りていたボタン見本を返すため、アトリエに向かった。ショーの準備に張り切る空豆が、響子にはたくましく見える。

「おおっ。『Don't remember days. Remember moments.』カッコいい。がんばれ」響子は空豆を笑顔で送り出した。


空豆がアトリエを訪ねたとき、久遠は不在だった。

「あ、先生、ちょっと、夕食食べに行きましたよ」と柾が教えてくれた。

ボタン見本を棚に戻しながら、空豆は、ふとホワイトボードに目をやった。ペンで描いた文字とデザインが雑に消してあったが、もともと何が書いてあったかはすぐにわかる。

『2024年春、コレクションテーマ。Don't remember days. Remember moments.』とあり、空豆がデザインした服によく似た……いや、ほとんど同じデザインの服が描いてあった。

「――！　これ、なんと？」全身から、さあっと血の気が引いていく。

そのとき久遠が帰ってきた。

「あそこ、なんか味落ちたと思ったら、店主替わってたんでやんの」とぶつぶつ文句を言いながら部屋に入ってきた久遠は、空豆を見て「おっ」と声を上げた。

「ボタン見本返しにきました」

「お疲れ」

「先生」空豆は硬い表情で、久遠を見上げ、次にホワイトボードを指している。

「これ！　これ、なんですか？」

「や、パリコレ用のラフ」

「私の、おいの、デザインやなかとですか？」

空豆が久遠を追及しようとしたそのとき、チャイムが鳴って来客があった。柾が応対しに出ていき、久遠も後を追おうとしている。空豆は久遠の腕をつかんで毅然とした表情で振り絞るように言った。

「どういうことですか」

「……いいじゃないか？　この世界入ってすぐに、お前のアイデアがアンダーソニアのパリコレだぞ」

空豆はなんと言葉を返したらいいのかわからずに、唇を噛んだ。

「さすが、浅葱塔子の娘」

「関係なか！　これは、私の実力だ」

空豆がそう言うと、久遠が突然、床に手をついた。

「頼むっ！　おまえのデザインを、アイデアを、おまえの頭の中を俺にくれ」

「……安か」空豆は言い放った。

「安いドラマのようじゃ。土下座じゃって。ダサか！　天下の久遠徹が、新人に土下座。ダサかダサかダサか！」

「いいじゃないか？　おまえは天才なんだろ？　また、すごいのが浮かぶんだろ？」

開き直ったのか、久遠は空豆の脚にすがった。

「……わからん。浮かぶか浮かばんかは、わからん。じゃっどん、いやじゃ。これは私のアイデアだ。私がやるコレクションだ」

空豆の脚にすがったままの久遠は、睨むようなすがるような、なんともいえない目をしている。空豆は強い瞳で見返した。

「先生。生地店の営業担当の真壁さんです。生地見本が届いたそうです」戻ってきた柾が声をかけた。ふたりの様子を見ても動揺することなく、いつも通りの口調だ。

「生地見本……？　もう、作っとっとね？」

空豆は顔をしかめた。手を回すのが早過ぎる。

「真壁さん、早かったじゃないですか」

久遠はしれっとした顔で立ち上がって真壁に笑顔を作った。

「いえいえ、お待たせしてしまって。ピンクでしょ？　どんなのがいいかなーっていろいろ。サテンとか」

真壁は久遠に生地サンプルを何十種類も見せて説明している。

「お、いい感じの来たじゃない。ちょっと、あっちでお茶でも飲みながら」

上機嫌の久遠は真壁を案内し、応接スペースに行ってしまった。

「空豆さん、アシスタントが考えてチーフデザイナーが形にするのは、この業界ではよくあること。ある種、誰もが通っていく道と言ってもいい。久遠さん、これは空豆さんに対する期待なんですから」

杠はトルソーのサンプルを整えながら、なんでもないことのように言う。気持ちがおさまらない空豆は、渾身の力をこめてトルソーと杠を突き飛ばした。

「うわっ、なにを」

「業界のルールなんぞ、おいは知らん!!」

空豆はアトリエを飛び出した。走って走って……。街の片隅で立ち止まり、スマホを取り出して電話をかけた。でも、呼び出し音が鳴るばかりだ。

相手は音だった。仕方なく、空豆はセイラに電話をかけた。

「はい、もしもし」

ボーカルトレーニング室で休憩していたセイラは、スマホの画面に『空豆』と表示されたのを見て、飲んでいたコーヒーの紙コップを置いて、電話に出た。

「どした?」

『音……音はどこと?』

「空豆」

『音はどこと? 音はどこと? 音はどこと?』

空豆は泣いていた。

「空豆、今どこ? しっかりして……!」

『音、どこと?』空豆はそれしか言わない。

「あ、今、私ボーカルトレーニング中で、音くん、別の部屋でイソベマキさんとか、ディレクターやプロデューサーと打ち合わせ」

『ユニバースレコードと……?』

「どうしたの? 空豆。大丈夫? 何があった?」

『……ごめん。音に言いたい』

空豆の言葉を聞いたセイラは、激しく傷ついた。けれど気持ちを抑え、笑顔を作った。

「わかった。仕事終わったら、音くんに電話するように言う。今、携帯切ってると思うから」

空豆は、スマホを持ったまま街を歩いていた。冷たい雨は、季節はずれの雪へと変わっていた。急に降ってきた雪にきゃあきゃあ言いながら走り出す友人同士のグループや、ひとつの傘を広げてふたりで肩を寄せ合う恋人たちとすれ違いながら、傘もささずにひたすら歩き、やがてユニバースレコードに着いて、ロビーのベンチに腰を下ろした。

「空豆さん……！」

顔を上げるとイソベマキがいた。バッグからハンカチを出して、濡れた空豆の服を拭ってくれた。

「雪が降ってきたと……」

「うん、どうした？」

問いかけられたけれど、空豆は無言だ。

「今、セイラも音くんも四階。もうすぐ下りて来ると思うけど」

「打ち合わせ？」

「うん。セイラはボイトレ。呼ぼか？」

「ここで、待っとるけん」

「そう？　あ、寒くない……」イソベマキは上着を脱ごうとする。

「あ、大丈夫です。すぐ、来るとやろ？」

イソベマキはうなずいた。

ロビーの照明が落ちて館内が真っ暗になった。空豆は立ち上がり、階段を上っていく。

四階の廊下を歩いていくと『きっと泣く』が聴こえてくる。空豆は音楽が聴こえるほうへ歩いていった。小さく光が漏れている部屋に近づくと、音が見えた。空豆はホッとし、笑顔になった。

音の隣にはセイラがいた。ふたりは顔を寄せていた。

空豆の心臓が、大きく音を立てた。膝から崩れ落ちそうだった。立っていられない。立ち去りたい。なのに動けない。視線を逸らすこともできない。

やがてふたりは抱き合った。

空豆は反射的に踵を返し、走り出した。

早く、早く、早く。一刻も早くこの場から逃げなくては。

空豆はどたばたと走った。脚がもつれたり、つっかかったりしながらも、階段を駆け下りた。一階に着いたけれど、自動ドアが閉まっている。無理やりこじ開け、なんとか外に出た。

雪はいっそう激しく降ってきた。走っていた空豆は、次第にスピードを落とし、歩き出した。重い脚を引きずるように歩いているうちにだんだんと頭が動くようになり、状況を理解できるようになった。

音とセイラが――。

空豆はしゃがみ込んだ。涙がこみ上げてくる。空豆は大きな声を上げて泣いた。道行く人の視線を浴びながらも、空豆は泣き続けた。

9

セイラはボーカルトレーニング室にひとりでいた。そしてスマホの写真フォルダから、以前、おはじきのドレスを着たときにみんなで撮った写真を表示させて、じっと見つめていた。今まで必死に自分の感情を押し殺してきた。でも空豆への気持ちは抑えようがない、それもわかっていた。

しばらくすると音がボイストレーニング室へ入ってきた。

「あ、お疲れ。打ち合わせ、終わったの？」

セイラが笑顔を作って問いかけると、音はうなずきながら近くの椅子に腰を下ろして、スマホの電源を入れた。

「あれ……なんだろ。空豆から、鬼電」

「あ、なんか私にも電話あった。なんかね、彼氏、できたって」

セイラはつい、ウソをついた。

「え……」音の顔が硬直するのが、わかった。

「ほら、葉月さんと仲よかったじゃない？　つきあうことにしたんだって」

セイラは、空豆と葉月をカップルのようにトリミング加工した写真を見せた。音は何も言わず、目を伏せている。セイラは淡々と〝事実のように〟話を続ける。

「そんなの送って来て。うれしくって仕方ないんじゃない？　お似合いだよね……」

セイラはそう言って、室内のピアノをさらりと弾きながら『きっと泣く』を歌った。歌いながらセイラは涙ぐんでいた。歌声はやがて激しい嗚咽に変わり、歌もピアノも続けられなくなった。

「私たち、似た者同士、だね。振られた者同士」

「え……」

「気づいてたでしょ？　私のこと。私が、あの子を好きだって」

いつだったか、音にパソコンで歌詞を見せようとしたときに、間違って空豆の写真ばかりを保存したファイルを開いてしまったことがある。

ふたりは押し黙っていた。やがて音は、ためらいがちに口を開く。

「ごめん、もっと前から」音はセイラの気持ちに気づいていたのだ。

「私、気持ち悪いよね？」

セイラの悲しげな笑顔が、音も苦しい。

「いや、全然」

「……じゃ、キスして」

「え……」と戸惑いの表情を見せる音に、セイラは「ごめん。忘れて」と身を翻して、逃げ去ろうとした。消えてしまいたい。この世界から。髪の毛一本遺さず、消えたい。

その様子を見て、音は反射的にセイラを引き留めた。そして絶望するセイラをこの世界につなぎとめるために、強く強く抱きしめた。

抱き合うふたりの姿を、空豆が見ているとは知らずに。


いつのまにか、雪は本降りになっていた。

どのくらい走ったのだろう。空豆は気づくとうずくまって泣いていた。冷たい雪の中でひっくひっくとしゃくりあげていると、傘がさしかけられた。空豆が見上げると、葉月が立っていた。なぜだろう、いつのまにかアンダーソニアの近くまで来ていた。空豆が慌てて、立ち上がると、傘が落ちて転がった。

「……どうしたの？」

「音が、音が、セイラと……仕方んなか。おいさえ、ふたりはお似合いじゃ思うとったけん」

「空豆ちゃん」葉月が何か言おうとしたのを遮り、空豆は話題を無理やり変えるようにバッと顔を上げた。

「おいのデザインとテーマ、久遠にパクラれてしまったと」

本当は、誰よりも音に、この状況を伝えたかったのだ。

「俺も、今、アトリエ行って聞いた。思い返せばおかしいことばかりだった。そいで、捜してたんだよ」と葉月は言う。

「おい、アンダーソニア辞める。もう、おいのそばに音もおらん。おいにはなんもなくなってしもうた」

「空豆ちゃん……」

葉月は憔悴しきっていたボロボロの空豆を、思わず抱きしめていた。

「空豆に返してやっていただけませんか？」

翌朝、葉月は久遠に直談判した。いつも穏やかな葉月とは違う、その声は厳しいものだった。

「もう進んでんだよ」久遠は全く聞く耳を持たない。パリコレに間に合わせるには、すでに時はデッドラインを越えかけていたからだ。葉月は久遠が遠いところに行ってしまったように思った。矜持も周囲の視線も捨ててしまい、パリコレにしがみつく久遠に、葉月は失望していた。

「先生……。俺も、ここ辞めます。アンダーソニアは、もはや沈みゆく舟だ。僕は、浅葱空豆にかける」葉月はきっぱりと言い切った。

「出てけ！　出てけ出てけ出てけ！」

久遠はやけになって手当たり次第に物を投げた。

翌日はビート・パー・ミニットの衣裳打ち合わせだった。空豆と葉月はふたりでユニバースレコードを訪れ、イソベマキたちに衣裳のデザインと素材を見せた。

「わあ、これが素材。いいんじゃない？　いいんじゃんないいいいんじゃない!?　テンション、爆上がり」イソベマキがセイラを見る。

「ホント、すごい」

笑顔のセイラを見て、空豆は目を伏せた。

「あ、空豆、あれあったろ。オーロラのフィルム」葉月は言った。

「あっ」捜している空豆に、「や、こっちこっち」と葉月が伝えている。

空豆が捜してたのとは違うバッグから葉月が素材を見つけて取り出した。空豆をスマートにフォローする葉月の様子を、音がチラリと見ていた。セイラの話を真に受けた音は、空豆が遠くに行ってしまったようで寂しい気持ちになっていた。

フィルムを手にした葉月が、「これでボディを作って、こうやって重ねます」と説明をする。

「やー、これはさー。売れるね。ビーパー。ビート・パー・ミニット。この衣裳、天才」

イソベマキの言葉に、空豆は思わず笑みを浮かべた。

「セイラ、色白いから、ブルー似合いそう」音が言う。

「え、そんな白くないよ」セイラが恥ずかしそうに笑う。

空豆はそんなふたりから視線を自然に逸らした。胸がズキンと痛んだ。

ユニバースレコードの廊下に設置されている自動販売機の前で、沈んだ表情でたたずんでいた空豆に、葉月は「大丈夫？」と声をかけた。

「正直、きつか」

空豆が笑みを浮かべると、葉月は深いため息をついた。

「ね、気分変えて俺とつきあわない？」

「マジか？」

「マジですよ。俺、けっこう空豆ちゃんのこといいと思ってんだよね」

「けっこういいと思ってるくらいで、人とつきあわんよ。おいは」

「知ってる。それが、空豆ちゃんのいいところ。でも、そこが、空豆ちゃんの生きづらいところでもあるよね」

「え？」

「マジメ過ぎる。もうちょっと、人はゆらゆら生きてくもんだよ。自分をうまくごまかしながらさ」

葉月の言葉に、空豆はちょっとだけジンときていた。

「ね。空豆ちゃん。俺はさ、公私ともに、空豆ちゃん支える気、満々だから。いや、俺なんかじゃ、才能は及ばないわけだけど、人生は空豆ちゃんよりちょっと長く生きてきた。だから、何ってわけじゃないけどさ。俺でよければ、いつだって。そばにいること忘れないで」

葉月はさらりと女の子を喜ばせることを言う。音にはできない技だ。

「……葉月さんは、ちょっといいと思ってる女の子に、そがんなこと言うと？」

「――。ちょっとじゃないのかも。だいぶ、いいと思ってんのかも」

その言葉にドキッとしつつも、気持ちが少し軽くなって自然と笑みが湧いた。

「調子んよか」空豆が照れて毒づく。

「そうよ、おいは、調子んよかよ」葉月も笑顔だ。

「じゃっどん、恋しとる場合やなかと。仕事しようって言ったの誰ね？」

「アハハ。そのとーり！　これで、ビーパーのテレビの衣裳やるだろ。そして、日本のアナ・ウィンター、淀橋美代の仕切りのコレクション、俺たちは、まさに飛ぶ鳥を落とす勢いだ」

「おおっ！」

空豆は自然と気持ちが前向きになった。


セイラはイソベマキに渡されたスケジュール表を見ていた。

「すごいスケジュール、みっちり」

驚いたセイラが音のほうを見ると、音はぼんやりと窓の外を見ていた。空豆のことが気になり、心に影を落としているのだろう。

「音くん……」セイラがもう一度声をかけると、音はようやく我に返った。

「あ、がんばります」無理やり笑みを浮かべた。

イソベマキが、厳しいまなざしでふたりに言う。

「ひとつひとつの仕事、私たちがとってきた大事な仕事。ひとつでもおろそかにしない。それがプロだよ。わかってる」

ビート・パー・ミニットにとって大きな流れがやってきた。自分たちはこの流れに呑み込まれていく。覚悟が必要だ。音は〝夢が現実になること〟の本当の意味を理解し始めた。もう引き返さない。いつかマンボウが言っていた、悲痛な心の叫びを少しだけ理解できた気がした。


ラウンジで葉月が空豆を待ってソファに座っていると、音が近くに来てなにかを言いたげに葉月をじっと見ている。

「あ、お疲れ様です」

「空豆、今、トイレ」

「あ、はい」

音は葉月に会釈していったん歩き出すが、立ち止まって「空豆のこと、よろしく」と、言葉を絞り出すように告げた。

葉月は音の真意がつかめずにいたが、仕事のことだと思って「あ、はい」とうなずいた。

「大丈夫です。ちゃんと支えます。俺らやっていきます！」

「すみません。こういうの、ダサいっすよね。ん。ダサい。忘れて。ナシ、今のナシでお願いします。間違っても空豆には言わないで」

そう言って去っていった音を見送る葉月のもとに、「お待たせ」と空豆が戻ってきた。

「ん?」

「や、なんでもない」葉月は何も言わずにいた。


空豆と葉月は、淀橋美代事務所の応接室に通された。淀橋は久遠よりはすこし下の年齢だが、ファッション界を仕切る重鎮だ。じつに整った顔立ちをしていて、貫禄もある。

空豆と葉月を前にして、淀橋が口を開いた。

「ごめん。バーローズ下りた」

「え、淀橋さん、そんな」葉月が食い下がると、

「アンダーソニアと、バーローズの関係は深い。君たち、久遠んとこ辞めたでしょ。アンダーソニアに反旗を翻した、空豆さんのコレクションにバーローズはお金は出さない。業界ってそういうことなの。要するに君たちは、スポンサーを失くした」と淀橋は言った。

「でも、これだったらできる。あなたたちが、勝手にそのコレクションをやる。私は、それを手伝うことはできる。必要な人材を集めたりとか。ただ、資金を自分たちで調達しなければならなくなる」

「資金……。いくらですか?」空豆はおそるおそる、尋ねた。

「まあ、軽く見積もっても五百万……？　ミニマムでね」

「五百……万……」空豆は目の前が真っ暗になった。

音は撮影スタジオの控え室で、ヘアメイクを施してもらっていた。これからビート・パー・ミニットの雑誌取材だ。

「『CDTVライブ！ライブ！スペシャル』に向けて、ガンガン取材を受けるよ。テレビ出演が終わったあとに、ふたりの顔出しした雑誌、コンビニの棚、本屋の棚、一面にズラリと並べるから。そのあと、すかさず新曲を立て続けに出す。半年後にはアルバムを出す。そしてツアーよ」イソベマキは張り切っていた。


二度目の衣裳打ち合わせのために、ユニバースレコードを訪れた空豆は葉月に、イソベマキが深々と頭を下げて言った。

「申し訳ないっ。藤原大門《ふじわらだいもん》ツモれた」

「え？」思わず葉月が声を出した。

「藤原大門が音楽雑誌の取材のときに、スタイリングをしてくれたんだが、すっかりビート・パー・ミニットにハマッてしまった。このふたりをスタイリングしたい。ずっとしたい。なんなら、専属でも」

「あの、藤原大門と？」

さすがの空豆も、売れっ子デザイナーの彼の名前は知っている。

「我が社は、ビート・パー・ミニットに社運をかけている。かけ過ぎじゃないかってくらい、かけている。上は、名前に弱い。自分にセンスがないだけに、能力がないだけに、見極めるセンスがないゆえに、今、たった今、売れているビッグネームにめっぽう弱い。そして、これ見て。悪く、ない。これを、キービジュアルにってのが、上の意見」

イソベマキは音楽雑誌の中の、藤原大門スタイリングの音とセイラを見せた。

「カッコよか……」空豆は声を上げた。葉月も「うん」とうなずいていた。


打ちひしがれた空豆が雪平邸に帰ると、響子が自室で絵を描いていた。空豆はお茶を淹れて持っていき、響子に今日の出来事を伝えた。

「なにもなくなってしまった。ビーパーの衣裳も、コレクションも。職なしじゃあ……」

「あきらめるのは、まだ早い！　あんたには才能がある！」

響子はガッと空豆のほうを向いて、その両腕をつかんだ。

「そがん……言うても。八方ふさがりじゃ」

「この業界に頼る人はいないの？」

「え？」

「いるでしょ？　超強力なのが」

「……浅葱塔子のことと？」

空豆はその人に頼む気にはなれなかった。だが響子は続けて言った。

「そう、あんたが持って生まれた一番、強いカードじゃないの？　浅葱塔子の娘」

「なんてこと言うと？　響子さん、知っとるとやろ？　おいがあん人に捨てられたの」

「だからこそ、でしょ？　あちらには負い目がある。あんたになにかしてくれんじゃないの？　他のブランドの勤め先を紹介するなり、コレクションのスポンサーを見つけるなり」

きっぱりと言い放つ響子に、空豆はためらいながらも、「……すごかね。なんでもありとね」と返した。

「それくらいじゃなきゃ、空豆。一流には、本物にはなれないよ！　あんた、ファッション、あきらめたくないんでしょ？」

響子の言葉を、空豆は真剣に受け止めていた。


自分の部屋で空豆は考え込んでいた。心を決めてスマホを手に取ると、ＬＩＮＥの音の画面を開き、音声通話を押そうとした。すると、そのタイミングで、逆に着信音が鳴った。音からかかってきたのだ。

「はい、もしもし」

『音』

「あ、はい」ひさびさに聞く、音の声。

『あのさ、今日、こっち……ユニバース来たでしょ？』音はまだ、会社にいるらしい。

「ああ、衣裳の件。聞いたと？　イソベマキから」

『今、聞いた。ごめんっ。ホントっゴメン』

「いいといいと。どうせ、おい、自分のコレクションでセイラのほうの衣裳も出すつもりやったし。うん。一石二鳥狙ったおいが、悪か～」空豆は明るくアハハっと笑った。

『セイラも謝りたいってさっき言ってんだけど、今、泣いちゃってて』

「セイラ、大丈夫と？」空豆は複雑な気持ちになっていた。

「音、セイラよろしく頼むが」

音は黙っているけれど、空豆は続けた。

「あん子は、不安定なとこがあるったい、心配やけん。おい、そばにおれんから」

『ん、わかってる』ようやく、音の声が返ってきた。

「おい、じつは、いま、ちょうど音に電話しようと思うとった」

『え、なに』

ふたりのあいだに、懐かしい甘い空気が流れた、気がした。

「あの……あの……」

『なんだろ？』

「浅葱塔子の、ママの連絡先、教えてくれんね？」

空豆が思いきって言うと、少し間があって、音が『いいよ』と、言った。音の声も口調もやわらかく、優しい。

『スクショしたやつこんなか、あるから、あとからＬＩＮＥで送る』

「ありがとう……なんも聞かんね。そういうとこ、音らしか」

『だって、空豆、言いたかったら自分から言うじゃん』

「……そやね」


——そんころには、なんや気軽にしゃべれんようになっとった。せつなか。寂しか。私たちは、変わっていってしまう。


そんな空豆の寂しさは伝わっていないのか、音はいつものように淡々としていた。でも、以前よりずっと自信に満ち溢れている。

『ね。ブランドの名前、考えた？』

空豆は不意をつかれた。

『だって、コレクションやるんでしょ？　ブランドの名前、必要だよね』

「それは聞くと？」

『知りたい』音の声は、やっぱり甘い。そして、落ち着く。

「ソラマメ、にしようと思おちょっと。横文字で、Ｓ・Ｏ・Ｒ・Ａ・Ｍ・Ａ・Ｍ・Ｅ」

空豆はひとつずつアルファベットを区切って読んだ。

『へえ、いいじゃん』

「ママが……あの、自分のことしか考えんやった人が、唯一、おいにプレゼントしてくれたものったい。おいは、あん人から、この命と名前をもらった」

『最高の、プレゼントじゃん』

「音……」たまらなくなって、名前を呼んだ。

『なに？』

「なんでもないと」

『なんだよ』

ずっと話していたかった。でも……。空豆は礼を言って、電話を切った。


塔子の連絡先を空豆に送って、音はふうっとため息をついた。しばらく考えごとをしていたが、スマホを手に取り空豆とのトーク画面を開いた。さっき送ったスクショ画面に既読がついている。音はメッセージを打った。どうしようか迷ってしばらく指を空中で漂わせ、思いきって送信した。


空豆は台所に来て冷蔵庫を開けた。

「あんた、なにやってんの？」風呂上がりの響子が通りかかる。

「あー、なんか飲みたか気分になって。ビール買っとったかなあって」

「あら、珍しい。とっておきの、テキーラがあるわよ。カクテル作ってやろか？」

響子は「まかせなさい」と、上等なテキーラからカクテルを作り始めた。

空豆はスマホを部屋に置いてきていた。机の上のスマホが、音からのＬＩＮＥを着信した。

『空豆。俺、お前のことが好きだった。今も、これからも好きだと思う』

待ち受け画面に、メッセージが表示されていた。


音は何度かトーク画面を確認した。ずっと未読のままだ。

「今さらなに言ってんだ」

自分の吹き出しを長押しし、送信取消を押した。


響子が作ってくれたカクテルとつまみを手に、空豆は部屋に戻ってきた。スマホをチェックすると、ＬＩＮＥの通知が表示されている。音からだった。トーク画面を開いてみると
『ウミノオトがメッセージの送信を取り消しました』の、小さな文字が表示されている。

「なんと？」

気になる。空豆はカクテルをグイッと飲んだ。はあ～っと息をつき、もう一度、トーク画面を開いた。

『音。私は、音が好きだ』と思い切って打った。

メッセージを読み返し、送るか迷った。お酒の勢いを借りて、目を閉じてえいっと送信した。時計を見ると、八時三十二分だ。

——九時まで待とう。その間に、音が読んだら、それが運命。読まなかったら、それも運命。

「空豆」廊下から、響子が呼ぶ声がした。「あんた、お風呂入ったら、お湯抜いといて。入るの酔い醒めてからね～」

「は～い。これ、てげ、美味しかです～」空豆は返事をした。

スマホの画面が気になってたまらない。空豆は湯船につかっていてもやっぱり気になって、ザバーッと風呂を出てしまった。

髪から水がしたたったまま、空豆は自分の部屋に戻ってスマホを見た。まだ既読はついてない。残念な気もするけれど、どこかでホッとしている自分もいた。時計を見ると、九時まであと十分——。

「ちょっと、休憩入れようか？」

スタッフに声をかけられ、音はレコーディングスタジオのブースの外に出た。スマホの電源を入れると、通知が来ていた。空豆だ。ドキドキしながらトーク画面を開いた。

『浅葱空豆がメッセージの送信を取り消しました』と出ている。

ふたりのトーク画面には、お互いがメッセージを取り消したという表示が二行、続いていた。

――僕たちのメッセージの送信は取り消されてしまったのだ。永遠に……。きれいな夜に吸い込まれたメッセージ。永遠に消えた。

そして、音は、スタジオの窓から空を見た。きれいな満月が浮かんでいる。空豆は今なにをしているだろうか。

その頃、空豆もベランダから満月を見ていた。音は今なにをしているのかなと思いながら。

ふたりは同じ月を見ていた。

空豆は翌日、表参道の坂道を早足でズンズン歩いていた。歩調を強める。響子に言われた言葉を反芻《はんすう》しながら、「逃げること」だけはするまいと空豆は心に決めていた。

待ち合わせに指定された店は、このあたりでもひときわしゃれたカフェだった。内装も洗練されている。格式ある店の威圧感に負けないようにと、空豆は扉を勢いよく開けた。

先に来ていた浅葱塔子を見つけ、向かい側にどんと腰を下ろした。塔子は吸っていた細いタバコをクシュッと灰皿に押しつけ、澄ました笑顔を浮かべた。

「初め……まして」

空豆は十九年ぶりに再会した母を、じっと見つめた。

「お久しぶり」塔子はクールに返した。とても余裕があるように見える。

「期待したわけやないが……」空豆は声を絞り出すように言った。「期待したわけやないが、こういうんは、映画なんかやと、感動の再会やなかと？　抱き合って、涙流すんやなかと？」

「私さ、不思議だった。よく、ドキュメンタリーとかであるじゃない？　数十年ぶりに親子が再会するやつ。何十年たってんのよって話じゃない？　いきなり、知らないおばさんが自分の目の前に来て、よく抱き合えるなーって。ありえない」と、タバコに再び火をつける。

空豆が「ごめん、やっぱり無理じゃ」と立ち上がろうとすると、塔子が「待って」と止めた。ふたりの間に微妙な空気が流れた。

「ごめんなさい。親らしいことはなにひとつできず」

開き直りにも似たものを感じ、「……そうじゃ。娘より仕事を取った」と言う空豆に、塔子はン、と咳払いをして「なに？　いきなり会いたいなんて」と尋ねてきた。

空豆は挑むように、本題を切り出した。

「お金を、貸してほしいと」

塔子は表情を変えなかった。

「おいを捨てた負い目もあるとやろ？　ここはひとつ、お金を貸さんかね？　おいに」

「あっはっは。あんたも、なかなかしたたかな子に育ったわね。さすが私の子」

「あんたの子とか言われとうないが」

空豆はきっぱりと言い放ったが、塔子は冷静に空豆に話の続きを促した。

「見てほしかもんがあるが」

空豆は、おそるおそるデザインブックを出した。塔子は一枚一枚、丁寧に見ている。やがてすべて見終わった塔子は口を開いた。

「ふーん、悪くないじゃない。『Do,nt remember days. Remember moments.』日々を思い出さないで。瞬間を思い出して。コレクションテーマ？」

「そうじゃ」

「素敵ね、『Do,nt remember days. Remember moments.』」

塔子はもう一度、きれいな発音でコレクション名を口にした。次の言葉を待ちながら、空豆は塔子と菜の花を見ていたあの日を思い出していた。

「いいわ。あなたに投資しましょう」

「ほんとけ？」

「このコレクション、やりましょう」

「やりましょう？」

「パリで」

「はあああ？」空豆はビックリして口をあんぐりと開けた。

「パリに来て。私、コルザで、ふたつ目のブランドをやろうと思ってる。それをあんたにやらせる」

「え？」あまりに飛躍した話に、ついていけない。

「もともと、私、あなたのおはじきのボタンのドレス見たとき、あなたをスカウトしようとしたの。誘おうと思ったのよ。私のブランドに」

「そげんこつ……」考えとったのか、と空豆は驚いていた。

「話題にもなるでしょ。ステラ・マッカートニーだって、ポール・マッカートニーの娘よ」

「それはあんまりにも、図々しくないと？」

「あら、コルザってそれくらいのブランドなんだけど？」塔子はシレッと言い「びびってんの？」と、空豆を見た。

「まさか。全然、やったろうち、思うがね」空豆は虚勢を張った。

「アンダーソニア？　ふん。ちっぽけなローカルブランドよ。向こうの発表より前に、パリコレの日程を組んでもらいましょう」

「ほんとけ？」

「簡単なことよ。私、世界の浅葱塔子になったの。あんたの母親はやれなかったけど。あんたの夢叶えるお手伝いくらい、させてよ」

なんと空豆のパリコレデビューが、突然に、そして驚くほどあっさりと決まったのだった。

空豆は雪平邸の茶の間に葉月を呼び、塔子との交渉の一部始終を報告した。

「えっ、五百万⁉」

「うん、一千万でも」貸してくれる、塔子は空豆にそう言った。

「すげー、金持ち……あ、すみません。お邪魔して」

葉月はお茶を出してくれた響子に礼儀正しく挨拶をした。

「いいのよ、いいのよ、イケメン歓迎」響子はちゃっかり自分も座る。

「そいでね、やつが言うことには」

「やつ？」響子は空豆を見た。

「浅葱塔子よ」

空豆は、カフェでの塔子とのやりとりを、葉月と響子に話した。

「あん人にも、母親のような気持ちあったんやなあ、ち思って」

「ちょ待って。いい話だけど、全般的にすごいいい話で夢のような話で、シンデレラストーリーってなくらいだけど、俺。この私、どうなんの？」葉月は自分を指した。

「一緒に行くとよ」空豆は不安げな葉月に、ニコッと笑った。

「え、いいの？」

「はいいい。ママ、や、浅葱塔子にも言ったけん。パタンナーは、日本の人、おいをよう知っとる人の来てくれたほうがよかやないかって」

「うっそ。すげえ、パリコレ！　マジか。そんな話ある？　って、あの、浅葱塔子、だもんな。簡単なことなんだよな」

葉月がはしゃいだ声を上げるのを見て、空豆はチラッと響子のほうをうかがった。音に続いて自分までこの家からいなくなってしまうことが、なんとなく気になっていたけれど、

「よかったじゃない」と響子は心から祝福してくれた。

「私の夢は若者の夢が花開くことだ。あんたと音は私の夢をかなえてくれた。ありがとう。空豆」

響子は目を細めて空豆を見ている。空豆は響子に感謝の言葉を何度も何度も言った。


——時に、人生は、目まぐるしく展開していく。これまで、こんなに停滞していたのに。そして、おいはそんとき、思ったんじゃ。見当違いかもしらんが、筋違いかもしらんが、思ったんじゃ。こうして、青春が終わって行く……って。


空豆は台所でお茶を淹れ、そして縁側でひとりお手玉をやってみた。

ふと庭を見ると、庭の桜がちらほら咲き始めている。春が来たのだ。


アンダーソニアのアトリエで、空豆が中に入ろうかどうか迷っていると、ちょうどそこ

に香織が買い物から帰ってきた。身を隠そうと思ったが、遅かった。

「空豆さん」

「――。あ、おい、ちょっと通りかかっただけで」

「先生、コレクションテーマ変えたわよ」香織は言う。

「『Don't remember days. Remember moments.』あなたに返すって。ご自身では『汚れ』をテーマにパリコレ、勝負するって」

「汚れ？」訝る空豆に、香織は中に入れば、と言った。


「おまえ、何度電話しても出ないんだもんよ」

久遠は、悪びれる様子もなく、言った。

「……すんません。着拒してました。電話番号も消して」

「おまえらしいな」久遠は笑った。そして壁にかけてあるモネの『散歩、日傘をさす女性』を見ながら、唐突に言った。

「これな、俺の死んだかーちゃんに似てるんだ」

「え？」

「モネだけどもな。これ、俺だ」

久遠は描かれている小さな子どもを指した。

「俺はさ、頭ん中で、この死んだかーちゃんに、いつも、自分のデザインした服を着せてたんだ」

「……このドレス、アンダーソニアっぽいが」空豆は気づいた。

「アンダーソニアってさ、俺の母親が好きだった花の名前。ホントはサンダーソニアっていう花。オレンジのな。俺が、小さいころ、サがさ、言えなくってよ。アンダーソニアって言ってたら、かーちゃんも、俺に合わせてな。ふたりでそう呼ぶようになった」

「……それで、アンダーソニア……」ブランド名の意味を、初めて知った。

「この絵見てたらよ。かーちゃんが、悲しむんだ。あなた、アシスタントのアイデア盗んで、どうすんの？　ってさあ」

あっけらかんと言う久遠を見ていたら、なぜか涙が出てきた。

「そいでよっ、ここ、これ。このソファ見てたらさ、この掠《かす》れ、かっこいいよなあって思って。経年劣化、かっこいいよなって。そいで、新コレクションのテーマ思いついたんだ。わざと、生地を汚す。アンダーソニアのドレスをわざと、汚す」

「素敵そうじゃ」空豆は本心からそう思ってうなずいた。そして久遠に、塔子と再会したときの話をした。

「パリ行くのかあ。がんばれよ。このおっ。このおっ」

久遠がクシャクシャな顔で笑いながら、空豆の頭をぐりぐりする。なんだか泣けて、仕方がなかった。でも一生懸命に、笑った。

その夜、空豆は茶の間でフランス行きの荷物をまとめながら、テレビを見ていた。

「♪離さないように、握りしめた。忘れないように、刻みつけた～♪」

テレビからは、セイラが歌う姿が流れていた。カメラが切り替わって、ピアノを弾いている音のアップを映し出す。


——おめでとうってつぶやきよったら、なんや、遠い人に感じた。テレビに出とらす。連絡も途絶えた……。ＬＩＮＥも来ん。


空豆のフランス行きの日が近づいてきたある日。

「壮行会？」

「ん。あんたパリ行っちゃう前に。みんな呼んでね。ヒロシもちーちゃんも、音くんも」

響子が言う。

「えっ、音？」驚いている空豆に、響子はごく普通の口調で「うん」とうなずいた。

「連絡したと？」

「うん。来るって。響子さん、腕振るっちゃう。チラシ寿司作ろうと思って！」

張り切っている響子の勢いにつられるように、空豆は「は、はいい」とうなずいた。

壮行会の日、響子は朝からものすごい量のご飯を釜で炊いていた。

響子に頼まれた買い物をして、空豆が帰宅すると台所からはいい匂いが漂ってきた。

「響子さんの言う、クリスタルとかいうシャンパン、なかなかどこにものうて、歩き回ってしまって……と」

玄関から上がってきて台所をのぞいたけれど、誰もいない。チラシ寿司も、ほかのおかずもきれいに器に盛られているけれど、すべてふたり分だ。

「なんで、ふたり分？　はめられた？」

つまり、響子は、音と空豆、ふたりだけの時間を作ってくれたのだった。


「落ち着かん、落ち着かん」

空豆は、家の中をぐるぐると歩き回っていた。洗面所に行って鏡を見てみる。

「さっき見たばっかじゃ」

茶の間に戻って、時計を見る。「まだ、時間あるが」とやっぱり落ち着かない。空豆は庭に出て、ホースで水を撒くことにした。

もう春だ。だいぶ日が長くなったけれど、太陽が西の空に沈んできた。空豆は夕暮れ時のこの庭が好きだ。

「♪離さないように、握りしめた。忘れないように、刻みつけた～♪」

いつの間にか気持ちも落ち着いてきて、音が作った歌を自然に口ずさんでいた。ホースの水が、薄いカーテンのように落ちていく。見つめていると、その向こうに、音が現れた。

「ちょっと、早く着いちゃった」

水しぶきの向こうで、音が照れくさそうに笑った。


ふたりだけの壮行会。

食事を終えた空豆と音は、一緒に住んでいたころと同じように、縁側で脚をぶらぶらさせながらシャンパンを飲んでいた。

「匂いが変わらんやった」空豆は話し始めた。

「匂い？」

「ママの匂い。小さいころんままやった。香水替えとらんのかねえ」

「そんなの覚えてるの、すごいね」

「おいはすごいと」冗談めかして、言ってみる。

「知ってたよ」音は笑った。そして、少し真面目な顔になって言った。

「でも、お母さんと仲直りできてよかった」

「仲直りっていうか……」空豆はうつむき、話題を変えた。

「テレビ、見たよ。すごかね」

「や」今度は音がうつむく。

「こっちは、ちっぽけなような気がしてかなわん。拗《す》ねてまうが」

空豆は顔を上げて音を見た。

「雰囲気も変わったと」

「空豆は変わんないね」

音の言葉が、胸に響いた。涙が出そうだった。笑わなければ、と表情を作ってみる。

「そんなことなかよ。おいだって、洗練されたとよ？　東京の女と。これから、パリにだって行くがよ」

「そうだよね、パリ行くんだよね。おめでとう」

「ありがとう……いっぱいあり過ぎて。しゃべりたいこと、いっぱいあり過ぎて、なにしゃべってええかわからん」

一番言いたいことを口にしたら、関係が壊れそうで、怖い。


「ねえ、空豆。花火やらない？　爽介さんが、買ってきた花火あったじゃん」

音の提案で、ふたりは花火に火をつけた。

「まだ、早くなか？」

春の夕暮れはやわらかい。空は薄い青と薄いオレンジ色が混ざり合っている。

「ごめん、俺、戻らなきゃいけないんだ」

音は申し訳なさそうに言った。「レコーディング。新曲出すことになって」

「新曲、なんて曲と？」

「『朝の向こう』」

「へえ……おいの知らんことが、増えてくとやね」

空豆がいなくても、音は曲を作る。空豆がいなくても、音は笑う。空豆がいなくても、ちゃんと生活をしている。あたりまえのことだけれど、悲しい。

「お互いさまだけど」

その言葉が意外で、空豆は驚いて音を見た。

「パリ行くことも、お母さんに会ったことも、響子さんから聞いたけど」

音は花火を見たまま、続けた。「ちょっとは、寂しかったよ」

「……きれかね」空豆はパチパチと音を立てる花火に視線を移した。

「ここで、手、つないだね。覚えとる？　忘れたんやなか」

夕暮れに、夜の帳《とばり》が下りてくる。だんだんと花火の色が、濃くなっていく。

「忘れた。空豆のことは、なんにも覚えてない」

音の声はかすかに震えていた。でも空豆は気づかなかった。

「意地悪言っとうと。夏は一緒におれんやったね。花火するはずが。一足早かね。まだ、春じゃ」

「春の花火……か」

「おかしか……」

ふたりはしばらく黙った。

線香花火が終わったら、空豆との時間が終わってしまう。そうしたら音は仕事に戻らないといけない。ずっとこのままでいたいのに、ふたりの最後の火が、続けざまにポトリと落ちた。

「おしまい」

空豆は言った。ろうそくの炎に浮かび上がる空豆の横顔を、音はじっと見ていた。でもすぐに目を伏せた。

「もう、行かんね。レコーディングじゃろ？」

「うん」立ち上がって、ズボンをぱんぱんとはたく。

「行くの、来週だっけ？」

「うん」

「がんばって」

「音も」ろうそくの光の中、長いまつ毛に縁どられた空豆の大きな瞳が潤んでいた。音も涙が溢れそうだ。けれど感情を抑え「じゃ」と、口にした。

「待って」空豆が独特のイントネーションで言う。

「なに？」音はゆっくりと、静かに、空豆を見つめた。

「……手をさあ、伸ばしたら届く？　音に届くと？」空豆がまっすぐに、訴えてくる。

「……届くんじゃない？　わりと、簡単に」

音が言うと、空豆が手を伸ばしてきた。その手が触れた瞬間に、音はふわりと空豆を抱きしめた。

「溶けるごたあ。おい、溶けてしまうとよ」

音の腕の中で、空豆が言う。

「……おまえさあ、お手玉入れたろ？　俺の引っ越しの荷物に」

「ばれたと？」

空豆は泣いていた。

「……忘れんで」

「忘れられっかよ」

音は強く強く、空豆を抱きしめた。いつのまにか、音も泣いていた。

わずかな夕陽の色を残して群青色に染まった空が、束の間のふたりを包んでいた。

10

空豆と塔子は、緊張の面持ちで、浅葱家の茶の間に、並んで正座していた。

「よー、来なさったね」

ふたりの向かい側に座っているたまえの口調は皮肉たっぷりだ。

「よー、帰って来なさった。どんな顔して……今さら、どんな顔して……」

たまえは塔子を刺すように見て言う。

「ほんで、今度は、パリに行きようすとね？　ふたりで、パリに行きようすとね？」

怒り心頭のたまえを、隣にいたのりこが「お母さん」となだめた。

「おねーちゃん、空豆、疲れたやろ？　お茶淹れるけ」と立ち上がろうとした。

そのタイミングで、塔子は美しい所作でスッと下がって、座布団をどけ、畳に手をつき、頭を深々と下げた。みんなが何ごとかと塔子を見た。塔子はひと呼吸おいてから、言った。

「ごめんなさい！」

空豆もつられて頭を下げそうになったけれど、自分が下げることはないと気づいて、妙な体勢で静止した。

「あんたは、何やっとる？　あんたは悪くなかろ？」たまえが空豆を見て言う。

「や、東京行ったまま……今になってすまんかったと……」

空豆が言うと、たまえは困ったような笑みを浮かべた。

「ほんで、今度は、パリに行くとね？」

たまえの問いかけに、空豆も塔子も返事ができない。「ふたりで、パリに行くとね？」

塔子は悲しげにたまえを見つめた。たまえは黙って立ち上がり、奥の部屋へ行ってしまった。そしてリボンがかかった可愛らしい包装紙に包まれた物を持って戻ってきた。

「開けてみんね」

空豆が包みを開けると、子ども用の可愛い黄色のドレスが入っていた。

「あんたのな、五歳の誕生日に、こん人が……塔子が送って来たとばい。里心がついたらいかん思うてな。よう渡さんかった。塔子にも連絡してな、二度と送ってきなさんな、いうて釘刺したんよ」

空豆は、塔子を見た。塔子はこれまで何も言い訳せずに、憎まれ役を受け止めていたのだ。

「よかったなあ。空豆。ママ、あんたんとこ迎えに来なさった」

たまえはしみじみと言って、空豆を優しく見つめた。

空豆は、胸がいっぱいになった。自分は捨てられていたわけじゃなかった。たまえは塔子を、そして塔子は空豆を、ずっと思っていたのだ。

空豆と塔子は、実家を出て、東京に戻るバス停のベンチに並んで座っていた。夕焼け空に、あたりの木々や田畑が赤く染まっている。

「思い出すが。ここで、菜の花、ふたりで見よった」

空豆が言うと、塔子が「ん」と、うなずいた。

「覚えとるとね？」

「うん、覚えてる」

「ママ、あんとき、おいのてのひらに、なのはなち、書きよらした」

空豆は思い出してふっと笑った。

「おい、あれ、しばらく消せんやったとよ」

娘のその言葉に、塔子は胸いっぱいになって、黙り込んでいる。

「自分のブランドの名前、考えるときね。おい、菜の花にしようち思ったと。日本語じゃあんまりやけん、英語か、フランス語かって思いよったとよ。ほしたら、コルザって、ママのブランドのコルザって、菜の花って意味じゃっち、わかったっとよ。フランス語で」

「偶然よ。偶然」

不器用な言い訳をする塔子が愛おしくなって、空豆は手をつないだ。しばらくそうしていてから、そっと腕を組んで寄りそった。

「何、この子」

塔子は、戸惑っているふりをしているけれど、うれしかった。空豆もそれを感じて心があたたかくなった。

「なんなの、この子は」

塔子の目から、ぽろぽろと涙が溢れた。

ふたりは泣きながら、夕暮れのベンチで寄りそっていた。


ユニバースレコードの廊下の自動販売機の前でセイラがコーヒーを飲んでいると、葉月が通りかかって言った。

「イソベマキさんに、呼ばれてね。なにかと思ったら、お餞別《せんべつ》だった」

葉月が取り出して見せた金の封筒には、『がんばれ』と大きく書いてある。イソベマキらしいとセイラは思った。そしてセイラは、一番聞きたかったことを尋ねた。

「ああ、明日、発つんだよね。パリ。空豆は？」

「家でまだ荷物まとめてる。試験の前までやらないタイプ。遅いんだよ、あいつ」

葉月はアハハと笑い、「あっ、音くんとは、うまくいってるの？」とセイラに問い返してきた。

「え？」セイラは素っ頓狂な声を上げてしまった。

「あ、ごめん、よけいだったね。忙しいとこ、ごめん」

去って行こうとする葉月の腕を、セイラは慌ててつかんで、なんでそんなことを言うのかと尋ねてくる。葉月は、空豆からずいぶん前に聞いたと告げた。

「空豆が……？」

「そう、あの雪の降る日にふたりが、その……」

葉月によると、空豆は抱き合う音とセイラを見て泣いていたのだと言う。

「えっ、つきあってるんだよね？　音くんと？」

いぶかしがるセイラに葉月も困惑していた。やがてセイラはあの雪の夜のことを、そして本当のことを葉月に伝えた。

パリに発つ前夜、空豆は雪平邸で荷物をまとめていた。

「よしっ、やっと、できたっと。響子さん」

「はいい」

響子は空豆のマネをしながら振り返った。

「この荷物、そこに書いてある住所に」と段ボール箱に貼ってあるパリの住所のメモを指した。

「わかってるわかってる。何度も言わない。人を年寄り扱いしない」

響子の言いかたがおかしい。空豆は茶の間の籠からお手玉を取り出した。

「持ってく？」

「んにゃ」

空豆はお手玉をポーンと、響子に投げた。響子は器用にキャッチして投げ返してきた。

「おい、楽しかったが。ここの暮らし、楽しかった。一生で一番、楽しかったばい」

泣きそうな空豆に、響子が近づいて来て言った。

「違うよ、空豆。これから、もっといいことがあるんだよ。楽しいことがあるんだよ」

「響子さん」

「あんたは、広い世界に旅立つんだ」

響子は空豆の目を見つめ、力強くうなずいた。


がらんとした部屋に戻った空豆はスマホを取り出して、音とのＬＩＮＥのトーク画面を表示した。

「忘れんで」と言った空豆を、音は「忘れられっかよ」と抱きしめてくれた。ふたりで泣いた。あの夕暮れどき、ふたりの間には特別なものがあった。

空豆は音に何かメッセージを打とうとした。でも何を伝えたらいいのかわからず、手が止まった。そのままベッドに入り、横になったけれど、眠れそうになかった。


翌朝は、やわらかな春の青空が広がっていた。

響子は玄関に出て、旅立つ空豆を見送った。

「ほいじゃ、いろいろお世話になりました」

「うん。世話したっ」と響子は両手を広げた。

「響子さん、寂しくなってしまうが……」

「んにゃ。爽介帰って来るけん。お盆で一度帰って来るし、秋から本格的に日本にね。なんでも、今までの実績が認められて政府の仕事やるんだって」

「そっかあ」

空豆はホッとし、バッと手を広げた。

「おっ」

響子は抱きついてきた空豆を受け止め、気持ちよく送り出した。

空豆の乗った車が遠ざかっていくのを確認して、響子は音に電話をかけた。

「うん、予定通り。サプライズ。空港で見送る。十二時にユニバース、迎えに行くから」

「はい。心得てます。セイラも行けるんで」と音は言った。


「音くん、ちょっと」

レコーディングの休憩時間に音はセイラから話があると言われて自動販売機のスペースに移動した。

「空豆……葉月くんとつきあってないの」

「え」音はすごく動揺してしまい、言葉が出てこない。

「空豆、音くん捜して、ユニバースまで来て、私たちが、抱き合ってるとこ見て、つきあってるって勘違いしたの」

「――」

音はその場にがくりと膝をつきそうなぐらい、衝撃を受けていた。

「ごめん！　みんな私のせいだ」

セイラは謝ってくるけれど、音は頭が真っ白で、何も答えらずにいる。

「ねえ！　今日、空豆に言ってあげて！　伝えてあげて、音くんの気持ち、空港で。まだ間に合うと思うの。私も、なんであんなウソついたか、ちゃんと空豆に」

セイラが必死に話をしているところに、イソベマキが顔を出して、

「音、セイラ、大変！　録音してたマスターのハードディスクが突然壊れて、今までのデータが、全部吹っ飛んだ。悪いけど、もう一度頭から、生音は、全部、録り直し。すぐ戻って」と大声で叫んでいる。

「私は残りますけど、音くんは、この後、約束があって……」

セイラがイソベマキに言った。イソベマキは、その言葉を聞いて、音を見た。

「音くん。あなたがいなくても作業は進められる。だけど、あなたは、もうプロだよね。この世界でプロとしてやっていくなら、私はご両親の危篤でもレコーディングをしろ、と指示する」

「でも、たった数時間ですよ。磯部さん、今日、空豆さん、パリに発つんです。それを見送る時間だけ……」セイラはイソベマキに訴えたが、

「全然わかってないわね。時間の問題じゃない。プロフェッショナルとして生きる覚悟があるかないか、それだけのことよ」と、イソベマキは言い放った。「この時代、ワーク・ライフ・バランスとか言われているから、私の言っていることは時代錯誤なのかもしれない。でも、そういうことを言っているアーティストは全部、消えていった。全部。ひとりも残らず。これは私の経験上の事実。すべてを、一瞬たりとも無駄にすることなく音楽と勝負し続ける。そのアーティストの本気をお客さんは見抜く、と私は思っている。今のあなたに音楽以上の『何か』を優先させる余裕あるの」

イソベマキは一気にまくし立てた。

「だって……。わたしのせいで」

「——。セイラ、レコーディング、戻ろう」

音は、今にも泣き出しそうなセイラを制して言った。

「えっ」セイラは驚いて、音を見た。

「これは僕たちが選択した未来だ。〝Don't remember days. Remember moments.〟。僕たちが積み重ねていく瞬間は、今は空港じゃなく、スタジオなんだ」

音は、セイラに微笑んだ。けっして意地になっているわけではない。本心からそう思っていた。

イソベマキが静かに頷いたとき、音のスマホのLINEが着信を告げた。響子がユニバースレコードに着いたという。

ユニバースレコードの前にタクシーを停め、響子は音を待っていた。ヒロシと千春も乗っている。そこに現れたのはイソベマキだった。窓から顔を出していた響子に、イソベマキは事情を話した。

「え。行けないの？」

「ええ。音くんはレコーディングを選びました。それで、私が音くんから手紙を預かってきました。これ、空豆さんに渡してください」

イソベマキは響子に、オレンジ色の封筒を託した。

羽田空港、出発ロビーにいた空豆は、時間が来たので葉月と搭乗口に向かって歩き始めた。

「空豆！　空豆！」

呼ばれて振り返ると、響子が小走りでやってきた。ヒロシと千春もいる。

「うわあ、サプライズじゃ。みんなで来てくれたと？」

「これ、音くんから」

響子が封筒を差し出した。かさばるものが入っているのか、封筒はすこし膨らんでいる。

受けとった空豆はみんなに別れを告げ、手を振って、歩きながら封筒を開けた。メモを取り出し、足を止めて読んだ。読み終えて顔を上げると、葉月が少し先で心配そうに待っていた。空豆は葉月のもとに、笑顔で駆け出した。

――いろんなことがあったね。これからも、きっと、いろんなことがあるね。でも、音。ずっと心の真ん中に、音がいるよ。できれば、私も音の心の片隅で。できれば、手をつないで。ほら、あのときみたいにさ。

空豆は、「こうして、花火、見ようよ」と、縁側で手をつないで約束した〝夏の日〟のことを思っていた。

――あのとき、真っ暗な夏の中で、手をつないだみたいに。私たちだけの夏の中で、手をつないだみたいに。

――あのとき、夕暮れに、手をつないだみたいに。

飛行機の中、空豆は目を閉じた。

「1、2、3、4、5、6……」

空豆が、ゆっくりと数を数えはじめる。

――眠れないときに、私は数を数える。とてもゆっくり。ねえ、そういえば音。私、あなたと一緒にいたころは、眠れないなんて、なかったんだよね……。

空豆と葉月を乗せた飛行機は、パリに向かって飛びたった。

その頃、音は、セイラに歌い方のイメージの指示を飛ばしていた。

ふたりは、それぞれの夢に向かって、走り出したのだ。

＊

三年後――。

空豆は霧島連山の麓の道を、赤いおしゃれな自転車で走っていた。スーパーや量販店が並ぶ国道に、大きな、ビート・パー・ミニットの看板が出ている。空豆はその下を颯爽と走り抜けた。おろしていた前髪はだいぶ伸びて、今は横わけにしている。おでこに心地いい風があたる。

浅葱家には、空豆と同世代の花嫁、メイとその母親が来ていた。

「あらあ、素敵やが～」母親はメイが試着しているウエディングドレス姿を見て、感動の声を上げた。メイ自身も頬を上気させ、喜んでいる。

「気に入ってもらえてよかったが」空豆もにこにことうなずいた。

「ほんでも、メイちゃん、よかったばい。よか人見つかって」

お茶を飲みながら、その様子を見ていたたまえも、笑っていた。

メイたちが帰り、空豆は、後片づけをしていた。

「あんた……なんて言われとるか知っとっと？　パリまで行って、なーんでこんな片田舎帰って来たかって。みーんな噂しとらす」

たまえは、壁側の棚に飾ってあるトロフィーや、数々の授賞式の写真を見てしみじみと言う。塔子と空豆が並んで、輝かしい笑顔を見せている写真もある。

「おいは気にせん」空豆は片づけの手を止めずに、言った。

「頼まれとった作業着を届けるついでに、ちょっと、夕食の材料の買い出しに行ってくると」

空豆が出て行ったのと入れ替わりに、パリの塔子からたまえ宛にエアメイルが届いた。オシャレな便せんにぎっしりと塔子の美しい文字が並んでいる。

『お母さん。あの子は、パリの水には合わなかったとです。シーズンごとに来るコレクションが、ブランド・ディレクターからのその年の流行りに合わせたデザインの注文が、あの子の創造のツバサを折っていきました。あの子の心を窮屈にしていきました。

私は、あの子の目指すものを、理解したつもりです。そして、日本に帰しました。よろしくお願いします。

追伸：桜の咲く頃には、また帰ります。そして、その頃までに、エレベーターが、つくように手配してあります』

空豆は畑仕事のおじさんたちのために作った作業着を配っていた。

「ここ。動きやすいけん。こうやるのラクになるが」

「おおっ。ありがとう」

「おばちゃんのはこっちやけん」

「色がよかねえ」

うれしそうなおばさんを見て、空豆もしあわせな気持ちになる。空豆はみんなからの感謝の言葉に送られて、帰途についた。


塔子からの手紙を読み終えたたまえはフッとため息をついた。

「おいにはファッションの難しいことはわからんけど……」

たまえは、家に来ていたのりこを見た。

「帰ってきたときは、そっとしとけばいいと」

「そうじゃなあ」たまえとのりこは顔を見合わせ、うなずき合った。


ある夜、空豆は地元の居酒屋へ来ていた。

「おおっ、こっちこっち」

久遠がテーブル席から手を振ってくる。

「先生、ええ生地見つかったと?」

「ん？　うん。博多織を今度のコレクションで使ったら面白そうだと思ってな」

「よかね」空豆が久遠のグラスに酒を注ぐと、久遠も空豆に注いでくれた。乾杯だ。

「葉月、パリでがんばってるみたいだな」

「はいい。コルザのパタンナーやっとります」

「どうだ、空豆。東京に戻ってこないか？」

「……また、その話と？」

これまでも何度か、久遠に声をかけられている。

「もったいない。おまえはパリで成功したじゃないか？　ＳＯＲＡＭＡＭＥというブランドは、浅葱塔子のコルザを抜く勢いだった。世界に知れ渡ったじゃないか」

「おいは眠れんようになったったい」

「――」

空豆は、黙って聞いてくれている久遠に向かって話し続けた。

「机に向かってデザインいくつもいくつも考えて、今、何時かわからんくなって……ファッションもデザインもようわからんくなってしまったとよ。……なんのために、誰のために作ってるかわからんようになってしまった。おいは、自分が思うほど強うはなかったと。おいは、作ることにときめかなくなってしまったが」

空豆は長いため息をついた。

「心あるデザイナーなら、一度は通る道だ」

ずっと黙っていた久遠が口を開いた。

「は……？　ここがまだ途中じゃ言うとですか？」

「空豆、おまえのデザインは力がある。世界中の人に着てもらいたいと思わないか？」

久遠は熱い口調で言ったが、空豆は首を横に振った。

「おいは、目の前におる人が、幸せになるのが見たか。畑仕事、毎日、やりよる隣の平林さんが、たまに博多に出るときの服、作りたかあ。畑仕事の服も作りよる、動きやすいやつ」

「おまえは、正真正銘のバカだな。それだけの才能を持ちながら。神様のギフトだぞ」

「神様に何をどうもらっても、どう生きるかは、その人の自由とよ。競争して、次シーズンのコレクションを考えて、前の服ば捨てて」

「人間も生まれて死ぬなら、ファッションも一瞬の夢。だからこそ美しい」

「そうじゃ。その夢、おいは見たばい。美しかったと。二十三歳ん時に、見た夢。永遠とよ。でも、もう、ええと。ここで長うつきあえる服、作っていく。ひとりひとりに向き合って、ゆっくり作っていく」

「俺には、負け犬の遠吠えに聞こえるね」と久遠は厳しいことを言うが、

「人生を戦うために生まれた人と、楽しむために生まれた人がおると。おいは、楽しむために生まれた。先生とは違う」空豆は毅然と返した。そして、スマホで一枚の写真を見せて、「こん服、おいが作ったとよ。よかデザインやろ？」とノースリーブのトップスを久遠に見せた。肩口にリボンが施されている、遊び心たっぷりのデザインだ。

「このリボン、みんなが真似して作りよらす。洋裁教室もやろう思うちょる」

「お前のそのリボンのデザイン、右のほうが少しだけ短いよな。それを人が真似て作るとどうなる？　左右の長さ同じにしてくんじゃねーの？」

「……して、くる」

「それ、おまえ、気になんねーのかよ？　右側だけちょっとだけ上がっててほしいって思わねーのかよ」

「思う」

「それが、神様のギフトだよ。お前に与えられた才能だよ」

空豆は久遠をじっと見つめていた。

「いいか？　生きることが、ただ楽しいやつなんていうかよ。俺は信じないね。そんなこと。どう生きたって楽しいだけ、なんてあるわけがない」

久遠の言葉を、空豆はゆっくりと咀嚼《そしゃく》する。

「楽しみながら戦うんだよ。空豆。東京でやり直さないか？　今度は、俺が守ってやる」

久遠は強い視線で空豆を見た。空豆は心から嬉しかった。でも……。

「いや、おいはもう、自分の道を見つけましたんで」

空豆は頭を下げた。その言葉に迷いがなかったかと言えばウソになる。でもそれは空豆の決意の瞬間だった。自分の未来を見失い、失意のまま故郷に戻り、近所の農家の人や松葉杖のおばあちゃんのお出かけの服を作って喜ばれたときに、生きる意味が感じられた。

「それがおいに与えられたギフトの意味たい」

空豆は立ち上がった。テーブルには、久遠のため息だけが残された。

翌日、音とセイラは、記者会見の会場にいた。

「今や若者、いえ老若男女問わず人気絶頂の、ビート・パー・ミニットのおふたり。紅白初出場決定、おめでとうございます」

司会のアナウンサーがふたりに向かってほほ笑む。

「ありがとうございます」ふたりは頭を下げた。

「まずは今のお気持ちをお聞かせいただけますか?」と問う司会者に、

「……やっとここまでたどり着いた、その思いで胸がいっぱいです」感慨深げに音が答えた。会場の記者たちが拍手をし、カメラマンがフラッシュを焚く。

風呂上がりの空豆は、ベッドに寝転がって、スマホを手にした。何気なくネットのトップニュースを見ると『ビート・パー・ミニット、紅白出場決定』のニュースが目に飛び込んできた。

「おおっ。ついに紅白に出るとね」

ひとりごとをつぶやいたとき、手の中のスマホが着信した。画面に『セイラ』と出ている。

『空豆、久しぶり』懐かしい、セイラの声がした。

「久しぶりい!」

『連絡、できなくてごめん』

「こっちこそよ。今、ちょうどネットニュース見よったとこよ」

『今、会見の？』

「おめでとう。紅白、すごかね」

『ありがとう。でも、そのことじゃなくて、私、空豆に伝えたいことがある』

「なんと？」

『……私、空豆がずっと好きだったの』

「おいもセイラのこと、好きがよ」

『……友達としてだけじゃなく、恋愛感情として』

空豆は心の底から驚いていた。

『でも、空豆が音くんのこと好きなこと知ってて、嫉妬して、ウソついたの』

「ウソ？」

『空豆、葉月さんとつきあってるよって』

「……まじか」

頭の中が、混乱してくる。

『私たちも、つきあってないの』

「えっ……」ぐちゃぐちゃになっていた頭の中が、真っ白になった。

『あのとき、空豆が見たっていう抱擁は、ただ、空豆に気持ちが届かない私を、音が私を慰めてくれてただけなの』

「――」

『ごめんね、ウソついて。あげくに勘違いさせて、ごめんね』

「もうええよ。昔の話と」

空豆はほほ笑んでいた。本心からそんなことを口にしている自分に少し驚いていた。「それより、紅白、がんばってね。おい、見っからね。電話ありがとう」

電話を切った空豆は、外に出て自転車を漕ぎ出した。山間に沈んでいく太陽が、あたりの景色をオレンジ色に染めている。

国道に出て、ビート・パー・ミニットの看板の下で、自転車を停める。

眩しい夕方の西陽に目を細めながら、空豆はでっかい看板を見上げた。手を伸ばしてみたけれど、もちろん、届かない。

すぐそこに、音はいる。でもあのときつないだ音の手には、今はもう、届かない。

帰宅すると、テーブルの上に『浅葱空豆様』宛の、夕焼け色の封筒が置いてあった。

「あんた、手紙の来とったばい」たまえが言う。

見覚えのある、この文字は……。ドキドキしながら裏返すと『海野音』とあった。途端に鼓動が跳ね上がる。封筒を手に、ダダッと階段を駆け上がって部屋に飛び込んだ。ドアを閉めて、深呼吸をして心を落ち着かせた。そして急いでハサミで封を切って、中を見た。

「福岡公演チケット……」

入っていたのはチケットだった。『来て』と懐かしい音の文字のメモが添えてあった。

「二文字？　『来て』だけ？　しかも一枚。フツー、チケットち、二枚やなかね？」

ベッドにドスンと腰を下ろし、悪態をついてみた。それでも本当はうれしかった。音が夢を叶えた姿を、直接見ることができる。だが、次の瞬間、気づいてしまった。

——私は「あの約束」を果たせない。


ライブ当日——。

音は博多中央駅のデッキの上で、柵にもたれながら行き交う人々や車を見ていた。空豆と出逢い、言葉を交わした場所だ。音は街の音を聴きながら、決意を固めた。

ライブ会場までの道のりは、ライブに向かう多くの人で混雑していた。

もう開演間近だ。みんなが足早に移動する中、空豆はコーヒーショップで買ったラテを飲みながら、ゆっくり歩いていた。

「あ、ごめんなさい」

小走りの女の子が空豆にぶつかった。その拍子に、空豆のスカートにラテが飛び散った。

「あああああっ、どうしよう」女の子はうろたえている。

「ええってええって。あれやろ？　ビート・パー・ミニットやろ？　急いで行きなっせ」

「でも」

「よかと。安もんよ。水でぬぐえばすむったい」空豆は言った。

「ホントですか？」女の子は何度もすみません、すみません、と言いながら走っていった。

空豆はその背中を見つめていた。コンコースの壁には、どれだけ長いのかと思うほどの、ビート・パー・ミニットの横長のポスターが貼ってある。

ポスターの音を見つめ、もう自分とは立っている場所が違うのだと改めて痛感していた。空豆はトイレを見つけて入り、ハンカチを濡らしてスカートのシミを叩いた。鏡に映った自分の顔を見てみる。蛍光灯の人工的な灯りの下、ポスターの音の輝きとは全然違う、冴えない自分がいた。


会場に到着すると、もうライブは始まっていた。『きっと泣く』がかすかに聴こえてくる。受付でチケットを見せると、係員が「えっ」と空豆を見た。

「なんか違ったじゃろうか？」

「ちょっと、待ってください」係員は離れたところにいた、女性スタッフに声をかけた。いかにも仕事ができそうな印象のスタッフが、慌てて空豆のほうに駆けてくる。

「浅葱空豆さんですか？　私、ビート・パー・ミニットの事務所のものです。デカフェさんから、終演後、バックステージに来てくださいって、伝言を申しつかってます」

「え……」

「ぜひ、お会いしたいそうで」

「あ、でも、おい染みが」とスカートの染みに目を移した。「染み？」と確認しようとするスタッフに「いえ、なんでもないです。ちょっと、私、急用。失礼します」と言って、空豆はくるりと背を向け、早足で歩き出した。

外に出た空豆は、会場の外のベンチに座り、かすかに漏れてくる音を聴いていた。


「えっ、帰った？」

ライブが終了して、スタッフの報告を聞いた音は驚きの声を上げた。

「はい。なんか急用っておっしゃられて……」

音はスマホ出して、ＬＩＮＥを立ち上げた。空豆とのトーク画面を探すが、もう三年も連絡を取り合っていないので、ずっと下のほうだ。

『空豆、どうして帰った……』打ちかけたところで、イソベマキがプロモーターを連れて音の楽屋に入って来た。

「デカフェさん、セイラ。今回、この福岡ライブを仕切ってくれた主催者の小林さん」

「あっ、どうもこの度はお世話なりました」

音はきちんと挨拶をした。セイラもそばに来て、一緒に頭を下げる。

「いや〜、よかったですよ〜ライブ。ドームで即完売して、ツーデイズにしなかったことを後悔してまして。福岡は初めてですか？」

小林が話を始めたので、LINEは送れずにいた。

「いえ……四年ほど前に、来たことがあります」

あのときに、音楽祭に招かれて博多を訪れた音は、街を歩いていて、空豆と初めて出逢った。博多中央駅の交差点で、イヤホンを手渡してくれたときの空豆のことを思い出す。

「いやあ、そこから。たったの四年でここまで偉くなられるとは～」

小林の言葉に、音は作り笑いを浮かべた。手の中のスマホが気になっていた。

空豆は駅へ向かう道をぶらぶらと歩いている。スマホがLINEの着信を告げたので取り出すと、バッテリーの表示が赤くなっていた。

「あ、切れそうじゃ……」

ひとりごとを言いつつLINEを見ると、音からだった。

『なんでライブ、バックステージも招待してたのに寄ってくれなかったの？』

『場違いや』空豆は返信を打った。

『話がある』

『なんね、話って』空豆は先を急いだ。忙しい音を煩わせたくない気持ちと、期待して傷つかないように自分を守る気持ちと……。胸の中で複雑な思いが絡み合っていた。

『実は、俺』短いメッセージの後に『やっぱ、会って言いたい』『今日会えないかな。ちょっと、遅くなっちゃうけど』『11時にあの……』と続いた。

あの、まで読めたところで、画面がブラックアウトした。

「……あ……」

思わず間抜けな声が出てしまった。


空豆はそのまま、夜の街をしばらく歩いた。そろそろバスの時間だ。バスターミナルに着いて、ベンチに腰を下ろした。春はすぐそこだけれど、夜、じっとしているとまだ寒い。使い捨てカイロを取り出して手をあたためながら、音のことを考えた。胸がギュッと、しぼられたように痛くなる。せつなくて、たまらなかった。

「あ、どうぞ」近づいてきたおばあさんに、ベンチを譲った。

「すみませんねえ」

礼を言うおばあさんに、空豆はどうぞ、と使い捨てカイロを渡した。

「あら、いいの？」

「まだあるけん」鞄の中を捜して取り出すと、充電切れのスマホだった。コンビニで充電用のバッテリーを買おうとしたが、どこも売り切れだった。

『11時にあの』で終わったＬＩＮＥのやりとりを思い出す。

「……。十一時にあの……十一時にあの……。えっ……！」

思い当たったときに、バスが入ってきた。空豆は乗らずに、立ち尽くしていた。

「あれ、お嬢さん！　乗らんと？」

おばあさんに声をかけられたけれど、先に乗ってもらった。そして空豆は、走り出した。


走って走って、たどり着いた。

初めて会った交差点。きっとここが「あの」場所だ。

交差点の前に立って、右手にはめている腕時計を見た。まだ十一時の十分前だ。空豆は待っていた。来ない。疲れて、近くのポールに寄りかかった。時計を見るともう十一時だった。しばらく待って、もう一度時計を見た。空豆の片方の瞳から、涙が一粒こぼれた。


イソベマキが気を遣い、音だけ先に帰らせてくれた。店を出た音は通りに出てタクシーを拾おうとしていた。タクシーが来たと思ったら人が乗っていたり、回送だったり。焦る気持ちで時計を見ると、十一時を五分過ぎている。

ようやくタクシーを停めて乗り込んだ。空豆とのトーク画面を開くと『11時にあの、ふたりが初めて出逢った交差点で、待ってる』と送ったところで終わっている。

「既読、なんでつかない」つぶやきながら、音は運転手に「すみません、ちょっと急いでもらっていいですか？」と声をかけた。


交差点に着いたが、空豆はいない。ひとつため息をつき、すれ違った横断歩道を渡ってみた。あのときここでぶつかって、初めて目が合った。そして横断歩道を渡り切って振り返ると、反対側で空豆が手を振っていた……。と、そこに見覚えのある白いものがあった。ポールに、白黒のチェックのマフラーが巻きつけてある。ふたりが出逢った冬、空豆がいつもしていたマフラーだ。音はマフラーを手に、空豆を捜して走り回った。見つからない。デッキに駆け上がり、あたりを見回した。その音のすぐ下の横断歩道の向こう側を、空豆が歩いていた。


「寒か……」

マフラーを外してしまったので、首元から風が入ってくる。空豆は横断歩道を渡り、とぼとぼ歩いていた。

「空豆ー！」

背後から声が、聞こえた。振り返ると、音がデッキの上にいた。でも、渡ってきた横断歩道の信号は赤になってしまった。

「忘れ物」音はマフラーを振っている。どういう顔をしたらいいのかわからなくて、空豆は無言で、音を見上げていた。

「俺さあ、紅白出たらまた空豆に会えると思ってがんばったんだ。そいで……あんな風に出逢うなんて、運命だって信じてたんだ」

いつもあまり感情を表に出さない音が、大きな声で叫んでいた。

「バカみたいかもしれないけど」

我に返り、小さくつぶやいた。けれどもう一度声を振り絞り、空豆に向かって叫んだ。

「あんな風に同じ曲、同じ日に、同じ場所で聴いてるなんて」

「……。再会したとき、気づいとったと?」

空豆も叫んでくる。

「すぐに」音が答えると、空豆は少し黙っていた。そして泣き笑いみたいな表情を浮かべ、叫んだ。

「おいもじゃ。忘れられとるかもしれん思って言えんかった」

空豆も、音も、同じだった。気づいていたけれど、言えなかった。

「好きだった。好きだ。今も」

ようやく言えた。泣けてきた。大きな声はもう出なかったけれど、空豆に届いただろうか。

「赤じゃ。信号が赤じゃ」空豆は焦《じ》れていた。信号がようやく青になって、空豆は駆け出した。音も、デッキを駆け下りた。そして、空豆を抱きとめた。

「約束だよ。紅白の衣裳作ってよ」

ぎゅっと、空豆の冷たい体を抱きしめた。

「おいでいいと?」腕の中で、空豆が言う。

「それしかダメだよ。そのために、がんばったんだ」

音は空豆の首にマフラーを巻いた。

「バカじゃ。バカとね〜」

空豆は音の涙をぬぐいながら、マフラーを音にも巻きつけた。

マフラーの中で、音は空豆を抱きしめ、見つめ合った。

音は空豆にキスをした。絶対に離したくない。

「好きだよ。俺とつきあって」ようやく、伝えたかったことを伝えられた。

「今さらやなかと」空豆は笑っている。

「あれ、なんで腕時計右手に？」

「音の真似しとっとよ」

そんなことを言う空豆がいとおしくて、音は空豆をさらにきつく抱きしめた。

「もう、離れんで。離れんで。寂しかったとよ。思とったとよ」

空豆の言葉を継ぐ代わりに、音はもう一度、キスをした。


大晦日、「紅白歌合戦」の舞台袖で、空豆は音とセイラの衣裳をチェックしていた。空豆がデザインした『朝の向こう』の衣裳だ。出番です、とスタッフから声がかかる。

「エイエイオー！」

三人は声を合わせ、拳を突き出した。

「行ってらっしゃい」

空豆に送り出され、ふたりはステージに駆けていった。

＊

『空豆、俺たちは、いまは夢の途中だ。いまのこの一瞬一瞬をお互いの夢に全部注ごう。そして、俺は自分たちがステージで着る衣裳を決められるようになるまでに上り詰める。そして、空豆、その時は……そのときこそは俺たちのステージ衣裳を作ってほしい。そのとき、どこの誰にも文句を言われない素晴らしいデザイナーになってくれ。それまで、元気で』


ふたりで暮らしていた、思い出の縁側で、空豆はパリに発つ日に音からもらった手紙を取り出して読んでいた。

「なんで読むの？」音が照れくさそうに、声をかけてくる。

「カッコつけとっと。これはなんで入れたと？」

空豆が封筒から取り出したのは、片方だけのイヤホンだ。

「また会う日まで預けたつもり」

「預けた？　冗談ばい。おいは返さん」

空豆はイヤホンをぎゅっと握って後ろ手に隠した。

「なんで?」

「ウソじゃ」

笑いながら返すと、音はそのままイヤホンを耳に入れた。

「聴こえてくるようだね。あの日のヨルシカ」

「リョーカイ」

空豆は自分のスマホで「春泥棒」のスタートボタンをタップして、音から渡されたもう片方のイヤホンを、自分の耳に入れた。

「『おっくうううう♪』」

空豆は目を閉じ、出逢った日に交差点で流れていたフレーズを口ずさんだ。あの日の空豆が「わっぜよか」と、音の前で歌ったフレーズだ。


夕暮れの西陽が射し込む縁側で、音は歌う空豆を見てクスッと笑った。

空豆は、これ以上ないくらいの眩しい顔で、笑っていた。

火曜ドラマ「夕暮れに、手をつなぐ」

CAST

浅葱空豆…………広瀬すず
海野 音……………永瀬廉(King & Prince)

菅野セイラ…………田辺桃子
葉月 心……………黒羽麻璃央
丹沢千春…………伊原六花

○

雪平爽介…………川上洋平([Alexandros])
アリエル……………内田理央
矢野翔太…………櫻井海音

○

マンボウ……………増田貴久

○

磯部真紀子………松本若菜
浅葱たまえ………茅島成美

丹沢 博……………酒向 芳

○

浅葱塔子…………松雪泰子(特別出演)

○

久遠 徹……………遠藤憲一
雪平響子…………夏木マリ

TV STAFF

脚本	北川悦吏子
音楽	眞鍋昭大
主題歌	ヨルシカ「アルジャーノン」(Polydor Records)
エンディング曲	King & Prince「Life goes on」(Johnnys' Universe)
演出	金井 紘 山内大典(共同テレビジョン) 淵上正人(共同テレビジョン)
プロデューサー	植田博樹 関川友理 橋本芙美(共同テレビジョン) 久松大地(共同テレビジョン)
編成	三浦 萌
制作協力	共同テレビジョン
製作著作	TBS

※火曜ドラマ「夕暮れに、手をつなぐ」は2023年1月17日から3月21日まで全10回TBS系にて放送。
本書は「夕暮れに、手をつなぐ」のシナリオを元に小説化したものです。
小説化にあたり、若干の変更と創作があることをご了承ください。
なお、この物語はフィクションです。実在の人物、団体とは関係ありません。

BOOK STAFF

出版コーディネート	TBSテレビコンテンツビジネス部
ノベライズ	百瀬しのぶ
装画	今日マチ子
装丁	小口翔平+畑中茜(tobufune)
DTP	bee'sknees-design
校閲	麦秋アートセンター

夕暮れに、手をつなぐ

2023年3月 7日　初版発行
2023年4月20日　第2刷発行

作／北川悦吏子

発行者／山下直久
発行／株式会社KADOKAWA
〒102-8177　東京都千代田区富士見2-13-3
電話 0570-002-301（ナビダイヤル）
印刷・製本／大日本印刷株式会社

［お問い合わせ］
https://www.kadokawa.co.jp/（「お問い合わせ」へお進みください）
※内容によっては、お答えできない場合があります。
※サポートは日本国内のみとさせていただきます。
※Japanese text only

ISBN 978-4-04-737412-6
C 0093
日本音楽著作権協会（出）許諾第2300595-302号

Printed in Japan
定価はカバーに表示してあります。